El tercer paraíso

Cristian Alarcón

El tercer paraíso

Premio
ALFAGUARA
de novela
2022

Penguin
Random House
Grupo Editorial

Primera edición: marzo de 2022

© 2022, Cristian Alarcón
© 2022, Penguin Random House Grupo Editorial USA, LLC
8950 SW 74th Court, Suite 2010
Miami, FL 33156

© Diseño: Penguin Random House Grupo Editorial,
inspirado en un diseño original de Enric Satué

Impreso en México / *Printed in Mexico*

ISBN: 978-1-64473-599-2

22 23 24 25   10 9 8 7 6 5 4 3 2 1

Para Pablo

Allí el viento conoce desde antes que nosotros
ese fulgor dichoso que nos cubre la piel,
ese dulce y velado porvenir tan antiguo como
*   el primer recuerdo*
que reposa encendido bajo la gran ceniza de
*   la tierra natal.*

OLGA OROZCO, *Desde lejos*

Primer jardín

1

Al final del camino de piedras, justo antes del precipicio, el jardín desborda como una ola inesperada. Detrás de su diseño caprichoso se impone un cielo azul brotado de nubes blancas. Asusta lo inquietante del barranco bajo el que parece estar el mundo entero. Los rosales se encadenan sin pausa. Hacia los bordes crecen los pensamientos. Camino en el laberinto como si se tratara de una pradera. Los amancay y las espuelas de caballero se mecen con el viento leve junto a las margaritas. Los lirios acosan a los narcisos amarillos. Las dalias bordó y carmín estallan en pleno ardor. A pesar de las nubes, la luz se cuela en todos los rincones horizontal y penetrante, dando en estigmas, pétalos y filamentos; pegando en mi cara, en mis brazos, en mi cuello, en mis orejas, en mis manos. A medida que me toca siento cómo la piel se hincha y adquiere el rojo de una insolación.

Busco la sombra de los cipreses alineados junto a las tumbas; altísimos y tupidos custodian las cruces y las flores. Bajo ellos han dispuesto bancos hechos con viejos durmientes para los deudos transidos de dolor. Me reconozco entre ellos, me recuerdo en esas romerías de centenares trepando el sinuoso camino que conduce hasta aquí. Cuando murió mi abuela Alba llevaba crisantemos en las manos. Cuando murió mi abuelo Elías arrojé un ramo de junquillos violetas al foso oscuro recién cavado en el que aparecía el ataúd de ella, sepultada veinte años antes. A los entierros de mis abuelos paternos, Bautista y Helga, no llegué a tiempo.

Desde el promontorio, el pueblo de mis ancestros. Mirar la belleza cordillerana de Daglipulli es difícil: se lo divisa haciendo el esfuerzo de inclinar el cuerpo a unos noventa grados justo en la franja de ligustrinas dispuestas como cerco para suicidas. El que quiera saltar al vacío debe volar sobre ellas con el arrojo de un clavadista.

Después del mirador un leve llano con sembrados, una barraca, un camión, las casas de madera a dos aguas cada vez más cercanas unas a las otras, la elegancia de las tejas vencidas, el brillo de los techos de chapa. El humo de las chimeneas elevándose aquí y allá en pequeños cúmulus.

Aquí nací. Alrededor de la pila de esa plaza aprendí a caminar. En aquella pampa admiré a los trapecistas del circo Las Águilas Humanas. En la aldea campesina que se ve donde el dibujo urbano termina supe lo que era cultivar, regar, podar y cosechar flores para armar ramos que adornen el centro de una mesa. Aquí estoy para comprender un misterio que ignoro. Aquí admiro este jardín. Aquí extraño mi propio paraíso.

2

Para escribir me encierro en un container al sur de la ciudad de Buenos Aires. Esta caja de metal ha viajado en barco por el mundo hasta encallar un día y convertirse en una cabaña rara que ahora me refugia del frío invernal sobre la pampa bonaerense. La casa y yo finalmente quietos. Son dos mil metros cuadrados de verde entre árboles y pastizales.

En pandemia todo el mundo debe estar encerrado.

Mi madre y mi padre viven en el Alto Valle, unos mil trescientos kilómetros al sur, al comienzo de la Patagonia. Habitan un pequeño departamento dentro de un barrio dañado por el desgaste con edificios de tres pisos rodeados de una escuela modelo, un gimnasio, un playón de juegos, una guardería. El Alto Valle es un vergel artificial creado a la orilla del río Negro por italianos y españoles. La ciudad donde yo también viví hasta que fui a estudiar a una universidad en Buenos Aires es una cuadrícula árida rodeada de manzanos, perales, durazneros y parrales. Mis padres ya están jubilados. Tuvieron tres hijos. Soy el mayor. El único nieto que mis padres tienen es mi hijo. Hasta que adopté al niño, entre los hermanos solíamos hacer un chiste sobre su falta de herencia. Los llamábamos «Los abuelos de la nada».

Mientras escribo, mi hijo permanece en nuestro departamento del centro de Buenos Aires. Tenía un año y medio cuando corrió hacia mí por un largo pasillo y se lanzó a mis brazos agitando sus rulos ensortijados. Cuando lo mimaba respondía con golpecitos de puño. Entonces yo me dedicaba a investigar tramas ilegales. Mientras jugábamos o mirábamos dibujitos los otros habitantes del búnker hacían lo suyo. Cada vez que iba a hacer mi trabajo llevaba un huevo de chocolate y pasábamos las tardes armando esos juguetes diminutos que vienen como sorpresas en el interior de la golosina. A los cuatro se convirtió en mi ahijado. Es un joven luminoso. Quiere a sus abuelos. Los visita.

El día que fuimos juntos por primera vez al Alto Valle mi madre esperaba ansiosa al niño del que le había hablado. Llegamos en auto. Él bajó con su mochila del Hombre Araña al hombro. Caminó serio y erguido hacia mis padres mirándolos con sus ojos de uva, el mentón altivo, los pómulos encendidos. Le dio un abrazo ceremonioso a cada uno. Mi madre le dijo que teniendo en cuenta que yo era su padrino y él mi ahijado ella quería saber cómo le diría. El niño la observó; a ella, a mi padre, a mí. Y dijo: ¿abu?

Desde mucho antes de que yo asumiera que era su padre, mis padres fueron sus abuelos.

A mis padres les dice abuelos. A mí me dice chancho.

3

Protegida por sus botas de goma, un vestido estampado y un delantal azul, Alba domina la huerta con un azadón en las manos. Apenas puede abandona la casa, la cocina, la limpieza, y se entrega a lo sembrado. Sus preferidas son las orejas de oso, como les dicen en el sur de Chile a las prímulas. Alba también adora las dalias por sus colores infinitos. Las prímulas son pequeñas. A las otras las usa para armar cercos. Alba se oculta así del mundo que le ha tocado en suerte; allí se dedica con absoluta concentración a lo importante. En su edén es invencible.

4

Desde que la compré con la idea de construir una casa de fin de semana pasaron años sin que tocara esta tierra. Hace una década un grupo de escritores y artistas decidieron hacerse con casi una hectárea, dividida en seis, con un espacio común en el fondo donde instalaron una pileta. Cada uno hizo remolcar un contenedor con una grúa. En la finca se instalaron cinco casas similares. Siempre tuve en mente construir en mi porción dos estructuras en forma de ele, generando en el primer piso el refugio para escribir alejado del estampido y las urgencias.

A los cuarenta cedí ante el vértigo del trabajo y los viajes. Puse todas mis energías en reuniones, acuerdos, investigaciones, contratos, maestrías, conferencias, clases, talleres, congresos, ferias, festivales, proyectos; un sinfín encadenado de acontecimientos evitables que se me antojaban ineludibles, parte de lo que suelen decirnos se cosecha en la adultez antes de declinar hacia la tranquilidad ideal de la madurez. Intenté terminar dos libros imposibles. Me perdí en otras ciudades y en la producción maníaca. Crie un hijo. No me refugié en la naturaleza de mi porción de campo. Preferí ampararme en los viajes y en la noche. Me aislé rodeado de miles de otros. Supe lo que era estar solo en la multitud tan cerca de todos esos desconocidos.

5

Elías, el pelo gris peinado a la gomina, leía
sentado en un sillón junto a la estufa a leña, justo
debajo de una biblioteca desbordante. Le gusta-
ban las novelas de cowboys y de misterio, de terror y policiales. También tenía una colección de
clásicos que venían con una revista. Cursó hasta
sexto básico en Daglipulli con buenas calificacio-
nes. Le dieron una beca para ir a estudiar a la
ciudad pero debía comprarse zapatos y un traje.
No pudo seguir. Tenía muy buena ortografía. Re-
dactó cientos de cartas a máquina como sindi-
calista y como líder de su aldea. De viejo ya no
escribía, solo leía sin parar y veía noticieros y algunas telenovelas. Hace muchos años le regaló a
su nieto mayor un diario con una llavecita que
protegía secretos, y cuando el niño tenía diez le
dedicó su primera enciclopedia.

6

Los veranos se vuelven cada vez más caluro-
sos. Algunos fines de semana el campo de los escritores es buen plan. A mi hijo le gusta invitar a
sus amigos. A mí me gusta invitar a mis novios.
El terreno que me corresponde es el más cercano
a la piscina común. Es solo llevar una manta, una
toalla, una silla armable y una heladera con bebidas frías. Pasar la tarde. Apreciamos el césped silvestre sobre el que nos recostamos, en el que los
chicos juegan a la pelota, en el que a veces baila-
mos. Una vecina me regala álamos pequeños que
planta Antonio, el jardinero, en una esquina de-
limitando mi solar. Nos encanta retirarnos al caer
el sol, aún húmedos, hacia la ciudad que espera
con su desorden excitado.

7

La expedición diaria a la piscina comienza a ser demasiado poco. Vamos más temprano, comemos en una parrilla de la Ruta 2 y luego chapoteamos y reposamos en la hierba. Llevamos comida de pícnic, montamos pequeñas fiestas. El atardecer se nos revela como la prueba de que deberíamos poder anochecer aquí: el sol se pone justo en el fondo del lugar que ocuparía mi casa si la tuviera. Comienzo a fantasear con la idea de llevar hasta allí mi propio contenedor. Pasado el verano pido presupuestos. Planto las primeras ligustrinas para separarme de la vista del vecino del otro lado. Aprendo que sembrar en otoño rinde en primavera.

8

Elías era lustrabotas en la plaza de Daglipulli.
Por allí solía cruzar el empresario local, un rubio
de porte y chaleco que Elías tenía de cliente. Ya,
Elías, te voy a hacer una apuesta. Te voy a dar este
billete si eres capaz de traerme de vuelta ese peo.
Y prrrrrrrr, un peo sonó como una provocación
del poderoso que hizo respingar la nariz a las señoras y reír a los parroquianos. ¡Anda a buscarlo
po, Elías! El pequeño Elías salió con su sombrero
de paño en la mano pegando unos giros locos por
el pasto, dio la vuelta a la fuente, subió a su borde,
bajó de un salto y, agotado, volvió a los pies del
alemán. Aquí lo encontré, señor, le dijo. Levantó
el pie y prrrrrrrr, le devolvió su peo. El alemán rio
con unas carcajadas de niño, le dio su primer billete grande y lo felicitó. Se verían las caras durante los próximos años y un día aquella escena le
salvaría la vida a Elías.

9

Amanezco en la ciudad con un dolor de cabeza que conozco, una punzada que llega solo cuando el estrés me asalta solapado en mi manía. Es la punta de un compás que se clava en el costado de mi oído produciendo una molestia intermitente. Uno, dos, tres y se introduce solo medio centímetro en la sien. Uno, dos, tres y así sin parar durante un día, dos, tres. He llegado a sufrirlo semanas seguidas hasta que un médico y mi psicoanalista me obligaron a irme de vacaciones a una playa del Caribe sin hablar ni pensar ni escribir sobre dramas ajenos. De pronto en mi consciencia súbita de la presión bajo la que vivo, del poco tiempo que me queda para todo, ante la necesidad de parar recuerdo que dispongo de un lugar con un atardecer radiante. Puedo tomar posesión de él cuando lo decida.

10

En su jardín Alba plantaba los pensamientos en los márgenes bajos, a la sombra de los rosales amarillos. Al final sembraba una mancha de margaritas blancas. Para Alba las reinas de todo aquello eran las dalias. Un cerco de dalias rojas, bordó y fucsias deslumbraba a los aldeanos que cada sábado y domingo antes de partir al cementerio le compraban sus ramos. Había que ver a Alba empequeñecida cuando con la tijera iba mata por mata eligiendo las más copiosas para los ramos funerarios.

11

La tarde de la migraña manejo cincuenta minutos por la autopista hasta esto que llamo el campo. Como si fuera una estancia, como si hubiera allí al menos animales de granja, plantaciones de algo. En el camino escucho a Violeta Parra, lo único que puedo cuando quiero vaciar mi cabeza. Cuando me aumenten las penas / Las flores de mi jardín / Han de ser mis enfermeras / Y si acaso yo me ausento / Antes que tú te arrepientas / Heredarás estas flores / Ven a curarte con ellas. La escuchaba mi abuela Alba. La escuchaba mi bisabuela Arcelia. Mañana vamos al campo, anunciaba mi madre. Y hacíamos más o menos la misma distancia por un camino de tierra hasta ese valle al que llamaban Vista Hermosa.

12

Alba tiene poco más de cincuenta años; sus hijos han crecido, ya no hay niños en la casa. Solo su nieto, que la sigue de cerca allá donde ella anda. El niño la observa desde la ventana de la cocina, su silueta en azules recortada sobre el huerto. El niño repasa la geografía de esos dominios: las frutillas con las que su abuela hará la borgoña y el dulce, las cebollas y las papas con las que alimentará a los hijos, las vainas de porotos que hervirá cortadas en juliana dentro de las botellas de pisco vacías de alcohol para acumularlas en la bodega, las arvejas que caen como joyas de sus plantas sostenidas por cañas de quila, el cilantro al que debe recoger con sus manos delicadas y luego deshojar, lavarlo y secarlo para preparar el pebre, al lado la robustez exagerada de las lechugas y las acelgas, los ajos subterráneos a los que Alba saca de una vez y cuelga arriba de la estufa para que les den gusto a todos los platos y ahuyenten las maldiciones.

13

Camino por el terreno buscando el rincón ideal para mi propio container. Aprecio un incipiente bosque de frutales. Supongo el ciruelo, el durazno, el membrillo crecidos, dando sombra y comida a los pies de un deck de madera, frenando el resplandor de la pampa sin filtros. Hago cálculos mentales sobre la posición del sol a lo largo de una jornada. En qué momento llegará a mis ventanales, cuándo deberé resguardarme en la sombra, cómo pegará en mi piscina si logro construirme una propia. Abro mi reposera en ese rincón elegido, el ángulo izquierdo, con las espaldas al vecino de al lado y el frente hacia la arboleda. Un leve cansancio me toma por completo. Acomodo la silla lo más horizontal que puedo. Prendo un porro, le doy dos pitadas y, como si me desconectaran del mundo, entro en el letargo del crepúsculo. Apenas cierro los ojos me quedo dormido.

14

En poco tiempo me convierto en un experto en contenedores: múltiples posibilidades de encimarlos, dividirlos, revestirlos. Cuando estaba a punto de contratar una empresa que me ofrecía terminarlo en dos meses recibí el llamado de mi vecino, el dueño del solar contiguo. Su oferta era más de lo que esperaba: su tierra, que duplicaba la mía, más su cabaña de hierro que nunca había sido habitada, por el mismo precio y en cuotas. De pronto, sin que yo lo buscara, era el propietario de un pedazo de naturaleza. El día que firmamos la escritura celebré la ampliación de mis límites: fuimos con mi hijo y sus amigos, hicimos un asado en una parrilla que improvisamos en el piso. Plantamos un jazmín para que se enredara en el alambrado. Sería el comienzo de mi pasión botánica.

15

Alba nació en una parcela de Vista Hermosa a unos quince kilómetros del pueblo. Aprendió de Arcelia, su madre, a cuidar la huerta del campo donde las flores conviven con las hortalizas al antojo campesino. Cuando Alba era niña el puma bajó de la montaña y llegó a la casa. Ese día Alba limpiaba habas sentada en el piso, en la parte superior de la casa dormían las niñas. Dos de sus hermanas jugaban silenciosas en el patio. Alba lo vio desde lo alto porque proyectaba una sombra exagerada en la tierra. Al principio creyó que un ternero había salido del corral vecino. Les hizo señas desesperadas, que entraran y subieran las escaleras. Si quería, el puma derribaría la puerta del rancho. Si quería, el animal se las comería a todas.

16

Camino sorteando los charcos que dejó la tormenta. A setenta kilómetros del centro el frío aumenta como si hubiéramos viajado lejos. La puerta suena a astillero. Abierto el contenedor deja pasar la luz, todo ventanales en su extremo. Hago la cama con dificultad, es de dos plazas pero tiene dos colchones de una, y juntos son más grandes que su tamaño. Atempero con el aire acondicionado en calor y una estufa eléctrica. Me dedico a limpiar los dos ambientes y el baño como si preparara una parroquia antes de las fiestas patronales. Han dejado un ínfimo lavaplatos, una mesa con dos sillas, un espejo. La humedad entra en forma de hongos oscuros y vuelve mi guarida una maqueta pálida. Paso una sola noche en el lugar. Comienzo a tramar su reforma. Lo convertiré en una cabaña acogedora antes de que llegue el verano.

17

Al padre de Elías lo mataron en una pelea de campo cuando él era muy niño. Labraban una tierra fértil y criaban algunos animales a las afueras de Daglipulli. Los fines de semana su padre solía bajar al pueblo y se quedaba jugando a las cartas o tomando con otros en los bares cercanos al cementerio. La noche del infortunio regresaba cuando se cruzó con una pelea de borrachos. Unos huasos se batían a duelo en un claro del camino. A rebencazos los separó, sin bajarse del caballo. Uno de los curaos se tiró al suelo, como desmayado.

En medio de la trifulca se le había caído una navaja al piso. Desmontó de un salto para buscarla. El otro esperaba la oportunidad disimulando, tirado en el piso. Cuando se agachó por lo suyo, el otro se dio media vuelta en el aire y con el filo de su propio cuchillo punzó al jinete desde abajo hacia arriba. El padre de Elías se quejó una última vez y cayó despacio. Dejó de respirar oliendo la tierra.

Su esposa lo esperaba junto a las dos criaturas. Elías tenía pocos años; el menor era una guagua. Ema estaba embarazada de ocho meses. Esa noche ella despertó con el ruido que los caballos hacían en el establo. Pensó que andaba algún animal salvaje en el corral. Luego sintió el movimiento de la cama. El catre se movió de un lado a otro del cuarto empujado por una fuerza invisible. En la oscuridad, desguarnecida ante la señal, supo que el padre de sus hijos había muerto.

18

Acaso las prímulas sean las más resistentes de nuestras flores de invierno. Prefieren el frío. Quizás por eso una amiga me las regaló en dos macetas pequeñas para que alegrara el nuevo espacio y arriesgara a trasplantarlas. La amarilla resultó ser la oreja de oso más clásica, la *Primula vulgaris*. Y la fucsia de ojo amarillo la *Primula spectabilis*. Las hojas dentadas parecen tener un polvo blanco que las rocía. Originarias de los Alpes orientales, su inteligencia radica en que tienen que florar temprano, a veces mucho antes de la primavera, porque al vivir en los bosques deben convocar a los abejorros que las polinizan antes de que la sombra de los árboles las tape.

Algunas de las quinientas especies de prímulas aprenden a resistir inviernos de hielo: sus hojas son capaces de morir, se retraen sobre sí mismas y resucitan con los primeros calores. Cuando llegan, ignoro que eran las preferidas de mi abuela Alba. Los ingleses creen que si se toma una infusión de sus hojas hay más chances de ver las hadas capaces de señalar dónde se ocultan los tesoros del

bosque. En la cabaña recién estrenada parecen ínfimas, pero sus colores se imponen ante el turquesa con el que he cubierto el óxido de las paredes.
Después de tres meses de obra, a la desolación del
viejo artefacto que me había expulsado le impusi-
mos el confort de una cocina con una mesada de
granito, una cama cómoda, un sillón, una gran
mesa para la galería, una estufa a gas y una parrilla
con espacio para grandes asados con amigos.

19

Bautista, el padre de Pedro, nació a fines del siglo XIX en un pueblo cerca del río Bío-Bío, la frontera donde entonces se libraban las grandes batallas entre el ejército chileno y los guerreros mapuche que intentaban aún defender su territorio. Bautista fue el hijo de una nana y el patrón del fundo. Su madre biológica no pudo criarlo. Una familia lo adoptó y le dio el apellido que aún lleva su descendencia. De ella no se sabe nada, del patrón que era un vasco francés.

Cuando Bautista cumplió los catorce, el hombre que lo había adoptado lo arrendó durante un año a otro fundo por una yunta de novillos. Bautista fue un buen peón. El hombre que lo esclavizaba le propuso que volviera, pero esta vez la yunta de novillos se la daría a él. Ese fue su capital inicial y con él sobrevivió en distintos campos hasta que un día supo quién sería su mujer.

Bautista tuvo en sus brazos a Helga recién nacida. Alzándola a la altura de sus ojos azules prometió que esa guagua sería la madre de sus hijos.

Una noche, cuando Helga ya tenía trece, montado a caballo la raptó. Y se fue al sur, a un paraje llamado Santa Rosa.

En Santa Rosa eran peones y allí tuvieron once hijos. Pedro y sus hermanos debían caminar un largo trecho de senderos para llegar a la escuela, y el resto del día tenían que dedicarse a las faenas del campo. Pedro acompaña a su padre a arrancar árboles para liberar la pampa donde pastará el ganado o se sembrará cada año. Los ataban con sogas y los amarraban a una yunta de bueyes.

Alba apareció en mis experiencias de meditación a veces rodeada de su sembradío, otras con las flores que sostenía con las manos o con pisos como alfombras silvestres. Desde mi ventana al parque veo la grama que lo cubre todo, algunos árboles despoblados en invierno, dos pinos, un pequeño bosque de álamos desnudos, los agapantos recién sembrados, un arce, un sauce gigante, moreras, y en medio de todo ello imagino un jardín, mis flores, mis dalias.

Imagino un rectángulo contra el alambrado y el bosque de especies nativas que está más allá de nuestro territorio y ocupa otra hectárea. Si mi vecina o yo logramos un ingreso extraordinario compraremos toda esa tierra para no tocarla, para que nos sigan visitando los mismos pájaros, los mismos insectos. Si planto en ese rincón los colibríes me visitarán por las mañanas. Y por sobre el alambre crecerán mis jazmines chinos. Imaginar un jardín es someterse a una nueva consciencia. Los pasos que daré serán condicionados por la tierra, el aire, la luz, el agua y el tiempo.

21

Alba se casó con Elías y tuvieron fiesta. Mataron un cordero. Una vitrola le puso música al ambiente. Uno tocó la guitarra. Se armaron parejas. Cortaron la torta. Alba usó un ramo de rosas blancas. El padre de Alba había hablado con su nuevo yerno para que el día cero dejara claro quién mandaba en la pareja. Cuando el festejo estaba por terminar, como quien se acuerda de un trámite pendiente, Elías se acercó a Alba, la midió en medio de su borrachera y le dio una cachetada que silenció a los invitados durante un breve lapso.

Alba parió a Nadia en el hospital a los diecisiete años. Ignoraba que sería así de doloroso, creyó enloquecer por el desgarro. Recibió la cachetada de una enfermera. Gritó más. Le pegaron hasta que contuvo el dolor. Luego no quiso volver a sufrir en el edificio al otro lado del pueblo. Prefirió la casa, el cuarto cerca de la cocina y la asistencia de una partera, una meica, las sabias mapuche que se ocupan de las dolencias humanas usando el poder ancestral que se les ha legado y su conocimiento sobre hierbas silvestres.

22

En la primera escena de *Viajes con mi tía*,
Henry Pulling tiene una preocupación: dónde
ubicar la urna con las cenizas de su madre entre
las dalias de su jardín. El sobrino de Augusta, la
tía aventurera que aparece en el funeral, piensa
entre qué colores, entre qué variedades de las cincuenta mil que la National Dahlia Society de
Londres ha registrado desde que la flor comenzó
a ser sembrada en tierras del imperio y otros países europeos a comienzos del siglo xvi colocará
el pedestal con la caja. Las dalias no son inglesas.
Las dalias son mexicanas, y por ello la flor nacio-
nal de México. Mi abuela Alba debe haberlo ig-
norado mientras seleccionaba los bulbos en otoño
para plantarlos en agosto. Algo así me pasa cuando miro videos que me enseñan a sembrarlas:
hago algo que no puedo evitar, signado por un
hecho distante y misterioso. Saber que Henry Pulling tenía cincuenta años me hace pensar dónde
ubico a mi madre en este jardín que honra la memoria de la suya.

23

Una mañana Bautista le pidió a Pedro que fuera a pagar una lana de oveja que le había comprado a un vecino a unos kilómetros de su casa en Santa Rosa. El niño salió con un billete a cumplir con el encargo. En el camino se encontró con un amigo que lo quiso acompañar. Más allá se cruzaron con un vendedor que recorría los fundos llevando en su carreta todo tipo de chucherías: comidas envasadas, golosinas, vino y, en medio de esa oferta, un gallo de yeso pintado de colores, reluciente, erizado, a todas luces un objeto fantástico. No podía quedarse allí perdido sino irse en sus manos para ser atesorado y admirado. Nadie podría saber que él era el propietario de semejante maravilla venida de la ciudad. Con el resto del dinero se compró todas las golosinas que pudo. Con su cómplice engulleron y se prometieron silencio.

Los días pasaron y su gallito fue un deleite secreto que jamás olvidó. Llegó el momento en que Bautista se encontró con el hombre de la lana y el vecino le cobró la deuda. Todo quedó en evidencia. Pedro fue interrogado y mintió. Ante la mentira, Bautista, experto en enlazar animales para la faena, lo ató y lo colgó de manos y pies como a un cordero de un árbol. Le pegó dos rebencazos. Uno de sus hermanos llegó a caballo. Con un cuchillo cortó la cuerda. Pedro corrió y se perdió en el bosque. Esperó a la noche. Les temía a los animales salvajes. Regresó en silencio a su hogar.

24

Me anoté en un curso de jardinería online de la Facultad de Agronomía. Apenas introduce en principios generales y me permite consultar los viernes durante tres horas a la profesora. Alcanzo a saber las proporciones para abonar el terreno, comprendo que deberé comenzar a producir mi propio compost y descubro que varios de mis amigos más jóvenes ya lo hacen. Hago cálculos de cantidad de tierra, de humus, de perlita. Es complejo.

Según la superficie debo calcular un setenta por ciento de sustrato y lo restante es un quince de agua y un cinco de aire. El sustrato es un cincuenta de tierra más compost, un quince de perlita y un cinco de humus. A eso debo agregarle la variable de volumen y superficie. Aunque las sumas no me den exactas, decido creerle. Antes de avanzar consigo un carpintero que construya un cerco para mi cultivo. Será lo suficientemente alto como para que no salten los perros y le hará una puertecita en el medio. Tendrá nueve metros por tres y medio: unos treinta y un metros y medio cuadrados de paraíso. Me entero de que en la calle de las casuarinas por la que llegamos se acumula un sedimento de hojas que resulta ideal para mezclarlo. Comienzo a recolectarlo en una carretilla de a poco.

25

Arcelia tenía el color, el cuerpo, la voz de una mujer mapuche, con un apellido español de Galicia. Las genealogías de cientos de miles de mapuches se perdieron porque los apellidos fueron cambiados en los registros cuando a comienzos del siglo XX niñas como ella eran regaladas a los patrones de fundos, abandonadas en diásporas por invasión de tierras, casadas con hombres a los que no amaron. Ella tenía catorce años cuando él la eligió como su mujer y la arrancó de su campo.

Nadie le preguntó a Arcelia si ella quería casarse. Nunca volvió a ver a su mamá. Nunca supo quién era su padre. Anselmo, de profundos ojos azules, era calmo, paciente, sin grandes ambiciones. Pero era vago. Hacía hijos y no conseguía con qué alimentarlos.

Arcelia emprendía expediciones a los cerros a buscar qué vender en la feria del pueblo. Allá andaba con sus niños en la cosecha de murta. Con ese fruto pequeño y dulce, azúcar y aguardiente se prepara el murtado. Llenaban bolsas y canastos.

Cuando Alba y sus hermanos estaban exhaustos y tenían todo repleto, Arcelia los retenía un rato más para llenar su pollera amplia en la que cosía bolsillos especiales para cargar. Cuando regresaban, las murtas caían de Arcelia como si ella misma fuera un arbusto repleto de frutas maduras.

26

Según los cálculos a los que me ayudó mi profesora, para armar el cantero de mi jardín se necesitarán cuarenta bolsas de tierra más compost, ocho bolsas de piedritas y ocho carretillas del humus que acarreamos desde la calle de las acacias. Lo demás lo compramos en la cooperativa de floristas a la que está aún asociado Antonio. Hacía mucho que no le veían, pero lo recordaban y se pusieron contentos de su regreso. Nos llevamos los implementos: una pala, un azadón, dos pares de guantes, una tijera para la poda, cincuenta metros de manguera. Carretilla ya tenemos una comunitaria. La tierra llegará mañana en un camión.

Antonio se sorprende de que yo pueda ponerle al hombro las bolsas de cincuenta kilos y depositarlas una al lado de la otra armando junto a él un muro que será luego desparramado en el futuro jardín. Al principio se niega a que trabaje. Le juro que mis abuelos fueron campesinos y se ríe de mí. No me cree. Las bolsas se rompen con un cuchillo: prohibido usar la tijera de poda para cualquier otra cosa que no sean los tallos. Antonio lo hace como si faenara un animal.

Uso el azadón para repartirla formando cuatro rectángulos dentro del gran rectángulo, de modo que dejamos caminos para podar y cosechar creando una cruz. Cada decisión es una conversación con Antonio en la que me entero de algo más de él. Es viudo, aún extraña a su mujer. Suele ir a Asunción, donde vive la melliza de ella: dice que verla tan igualita a la hermana muerta le mitiga el dolor que le quedó para siempre. Y que le gustaría que plantáramos un mburucuyá, la planta que da la pasionaria, una flor nativa de sus pagos. Era la preferida de ella.

27

En Vista Hermosa Arcelia le pedía a Nadia que la ayudara en las faenas del campo. Llevar a caballo un recado, dejarle harina a su vecina a dos leguas, buscar agua en la vertiente, darles de comer a las gallinas. Un día ensilló una yegua y partió con una misión a una parcela a la que solía ir con frecuencia, solo tenía que cruzar un bosque y luego un trigal, un sembradío de espigas maduras resplandeciente a la luz de la tarde. Avanzaba al trote cuando el sendero por el que iba desapareció.

El camino se cerró. La yegua se frenó en seco. El trigo pareció adquirir carácter, se puso huraño. Hincó los piecitos en la grupa del animal, le pegó con el rebenque, le dijo con su voz de niña: ¡vamos po'!, ¡ya po'! Avanzaba un metro hacia otro rincón del trigal y el trigal se cerraba en el instante.

Retrocedía. Ella le ordenaba andar, le soltaba la rienda y el animal se resistía. Le pegó con el rebenque. Relinchó y se paró en las patas. No había manera. La yegua se taimó. Ella sabía por los cuentos de Arcelia y de sus primos que había espíritus juguetones en el campo, duendes que les hacían bromas pesadas a los niños. Y esa tarde, cuando el sol caía y el tiempo pasaba, ella creyó que así era, que no podía hacer nada, solo desensillar, sentarse a un lado de su yegua y llorar hasta que se cansara. Antes del anochecer escuchó un sonido inaudible, un silencio que se prolongó como una marea. Entonces el sendero apareció ante ella como si jamás se hubiera esfumado.

28

Dejo de escribir cuatro días y quizás la culpa, quizás la felicidad de haber bailado el fin de semana con mis amigos, quizás la pandemia que me pesa porque no veo futuro y hablo sobre el futuro como si supiera qué hacer para conjurarlo, es decir, quizás mi endeblez y mi mentira me producen pesadillas: son unas pesadillas absurdas, de viajes con personas que no conozco, de estancias en casas que no habité, de amantes que no tuve. Y terminan con un bombardeo que no alcanzo a ver, que superviso desde un avión como si yo hubiera sido el brigadier que lo ordenó. Es un bombardeo sobre un pueblo de montaña, en el que los daños se ven próximos, nítidos; agujeros en los techos, pedazos de pared caídos que permiten ver escenas familiares en las que la gente ya no está, pero sus objetos recién usados sí. En un tapado de lana que yace en el piso al que se me ocurre tocar con la mano me despierto.

Nadia, seis años, escuchaba a Elías subir las escaleras de maderas desvencijadas y espiaba: su padre se sacaba el sombrero y lo agitaba sobre la estufa haciéndola chirriar; se quitaba la manta y la sacudía dejando el agua en el piso. Nadia se levantaba y secaba con un trapo. Chile se divide en regiones. Ellos viven en la Región de los Ríos. Entonces no se llamaba así, era la Región de los Lagos. Ahora le hacen honor a toda esa agua que corre sin parar desde la cordillera. En todos los rincones han construido un puente porque los ríos cruzan todos los caminos. En la baranda del puente de Daglipulli apareció colgado una mañana el vestón de Maximiliano, el hermano de Elías. La prenda estaba allí como si él mismo la hubiera puesto en un claro indicio de que o se había tirado al agua con intenciones suicidas o alguien lo había dejado así para ocultar su crimen.

La podredumbre había hecho lo suyo en brazos y cabeza. El resto del cuerpo estaba perfectamente vestido y, aunque blando y a punto de disolverse, permanecía entero: iba todo lo elegante que un obrero podía ir un viernes al Club Social Obrero a bailar rancheras. Solo le faltaba el zapato izquierdo. Elías lo vio recostado sobre la ribera, cerca de una curtiembre que tiraba su basura al agua, donde entre los restos de los cueros de vaca y caballo los criminales iban a dejar a sus eventuales víctimas para que las borraran del mundo los jotes hambrientos. Habían vadeado ese río días y noches. No habían dejado rincón de la orilla sin revisar. En un acto de reconocimiento de la trascendencia del caso, la Justicia había ordenado secarlo. Al cerrar las compuertas de la represa del molino el lecho se volvía una cañada de relativa profundidad. Tres jornadas lo recorrieron una decena de hombres, revisando palmo a palmo el barro profundo, distinguiendo entre animales muertos y objetos arrojados para su descarte, sin que un atisbo de humano surgiera entre el liquen, las algas y los peces inermes.

30

En el curso de jardinería me recomiendan una serie de libros y de cuentas de Instagram en las que encontraré consejos sobre canteros, siembra, semillas, poda, heladas, abono. Descubro a jardineras que tienen miles de seguidores y se dedican a hacer *lives* en los que muestran jardines espléndidos y entrevistan a sus hacedores. Algunas tienen un ángel especial para contar asuntos prácticos, como separar los tallos tuberosos de las dalias que se encuentran por debajo de la tierra y que son los que almacenan nutrientes, como la papa. Así les decía mi abuela: papas de dalia.

Las jardineras famosas parecen conocerse entre sí, ellas y sus viveros, sus clientes. Algunas se dicen paisajistas. Pronto iré comprendiendo que bulle un mundo, un mercado, un sistema de quienes disfrutan el lujo de tener y cuidar. Algunas de estas mujeres venden implementos, semillas, delantales, palas, bulbos de dalia. Terminaré rogando que me vendan alguno. Será inútil. Todo es escaso en este gremio. Si no llegas a tiempo debes esperar un año.

31

Tres semanas después de sembrado el misterio, la tapa del diario de Daglipulli decía en título catástrofe: «Nuestra ciudad se está plagando de sorteadoras». Elías había visitado adivinas que lo orientaban sobre la ubicación de su hermano: lo habían asesinado, su cuerpo estaba oculto, coincidían las gitanas y las tiradoras de cartas más corrientes. En el artículo que plantea el tema, el director del diario se enciende al despreciar la tarea infame de estas engañadoras profesionales que producen ilusiones vanas en familiares de víctimas y rivalidades entre hermanos, parejas y amigos. Elías acudía a ellas porque la policía de investigaciones parecía perdida, al punto de que una de las primeras hipótesis era que él mismo lo había mandado a matar porque Maximiliano tenía una relación oculta con Alba. Elías sabía que en la vida de Maximiliano había una sola mujer, un amor imposible de esos que se las ven con la furia de un patriarca.

Que las cartas de la novia eran reveladoras: una y otra vez ella le insiste en que si siguen viéndose su padre lo matará, que no le importa ir a la cárcel, que no deberían acercarse. Que no, que fue una deuda. Que fue otra mujer. Que el que lo acompañó hasta último momento esa noche lo llevaba a la casa cuando aparecieron dos maleantes en una esquina de la calle Caupolicán y a los gritos empezaron con las chuchás. Nadie sabe qué le reclamaban. Entonces la pelea, y de la nada uno agarró una piedra grande y cuando Maximiliano quería escapar le partió la cabeza. Nadia lo vio todo, en las faldas de su abuelita Ema, cuando la reconstrucción del crimen. Desde la población Francisco Aguirre, por la calle Caupolicán, con el cuerpo de Maximiliano entre los dos, aferrándolo como si se tratara de un borracho, lo arrastraron hasta el río. Cada tanto, como en el vía crucis, se detenían para descansar y cambiaban de lado para soportar mejor el peso. Llegaron con él a la orilla y lo lanzaron a la corriente.

32

Comenzar el jardín es salir del camino habitual entre la ciudad y el campo, desviarse por la ruta provincial y perderse en los viveros. Busco bulbos, pero rápidamente me doy cuenta de que son no solo escasos sino lujosos. Me ofrecen plantines que darán flores pronto, algunos ya con brotes. También escasean las semillas. En pandemia se compra lo que hay. Se siembra lo que se puede. Consigo margaritas, gazanias y clavelinas. Intento con Mizujo, un vivero japonés al que solíamos ir a almorzar los domingos antes de que cerrara todo, pero grito en la puerta el nombre de su dueño y nada.

Cacho se llama este inmigrante que se volvió argentino hasta en el apodo. Toco la bocina. Vuelvo a llamar a Cacho. Un empleado sale de lo profundo del campo libre, como promocionan al lugar con un cartel: habla con tono del Paraguay. No abren hasta nuevo aviso, que intente el mes que viene. Mizujo es un secreto bien guardado de gente de la zona: de un lado vivero de plantas, del otro una verdulería orgánica, en el medio un res-

taurante con la traza de una parrilla del Conur-
bano que ofrece el mejor tempura y un asado al horno de barro que se deshace. Cacho ha creado un
paseo dominical para familias: una granja con
especies raras de chivos y gallinas, juegos hechos
con tambores y un vergel con rincones japoneses.
A su modo, construyeron en el otro extremo del
mundo su propio paraíso.

33

Nadia se dio cuenta del cambio en el carácter de su padre. Antes de aquellos hechos misteriosos Elías no era el que luego fue; esa desaparición de tantos meses lo volvió taciturno, tomador, mal llevado. Nadia, sus padres y los dos primeros hermanos vivían en un inquilinato, en la parte superior de la casa habitada por varias familias. Elías llegaba de trabajar con unas ristras de madera, pequeños trozos que enganchaba en un círculo a un alambre y los cargaba al hombro para meter en la estufa y hacer fuego. Eran las sobras de un aserradero donde lo habían empleado. Una tarde la sorprendió en un error. Tenían una vecina que era más pobre que ellos y por eso le pedía que le pasara algunos palitos de esos que su papá traía del trabajo. Nadia accedía. No supo que lo que había hecho, desprenderse de ese fuego robado por su padre, estaba mal. Hasta que Elías se acercó lo suficiente y le dio una patada que la hizo volar y terminar más allá. Al caer dejó bajo su vestido de flores un charco de pis que la llenó de vergüenza.

34

Me despierto a las cinco de la mañana por una pesadilla y ya no puedo volver a dormir. Finalmente es cierto que el campo transforma el ritmo circadiano, como decía el novio que tuve durante doce años. En doce años él no pudo modificar mis conductas urbanas, mi aversión al transporte público, mi apego a la noche, mi fascinación por las conversaciones con desconocidos en antros. Sí acaso en las vacaciones, para escribir otros libros que nunca terminé, lograba conectarme con la naturaleza, casi siempre en el sur, cerca de Daglipulli. Durante años alquilamos todos los eneros una casa frente al lago Llanquihue y el volcán Osorno. Allí también me despertaba temprano y me dormía con la noche después de los atardeceres eternos en los que la luz violácea teñía las colinas y el agua, los árboles y la casa. Así, ahora, al fin reconozco el poder de la luz y acepto sin resistencia el cambio en mi circadiano.

35

Daglipulli se levantó entre colinas unos doce kilómetros más allá de la autopista que conecta la longitud de Chile. Es necesario desviarse para llegar a una larga y sinuosa cuesta tras la que se distingue el caserío, primero la Aldea Campesina, que supo estar separada por pampa y campo del pueblo, y enseguida una bajada que permite ver las casas de madera con techos a dos aguas; muy pronto el puente sobre el río. Daglipulli está en un pequeño valle entre colinas, sus calles tienen leves pendientes, la gente las camina lento y nada parece apurar la vida de sus habitantes. Casi nadie sabe que aquí hubo una rebelión contra los malos tratos que los curas de una misión católica daban a los mapuche-huiliches. Tampoco que el capitán español capturó a uno de los caciques y ordenó cortarle la cabeza para enviarla a Valdivia, donde la exhibieron clavada en medio de la plaza pública en señal de escarmiento.

Como en todo el sur de Chile, se percibe la influencia de los alemanes en algunas construcciones antiguas y el paso de cien años en las casas que parecen detenidas en el tiempo. Los colores vivos se han desgastado hasta darle una textura nostálgica a la madera. El edificio más alto es la torre de la iglesia frente a la plaza. La plaza es un bosque ordenado de mañíos, laureles, pinos, robles y araucarias, con canteros de verano. En el centro una fuente alrededor de la que caminan los niños sus primeros pasos. En el extremo de la pila un ángel renacentista es envuelto por una serpiente de la que sale un perpetuo chorro de agua. Alrededor de esa obra cuyo significado nadie se anima a interpretar se distingue la donación que a la ciudad le hizo un inmigrante alemán de posguerra al que la mayoría considera un ex jerarca nazi: el piso de cemento hecho con placas que forman una esvástica invisible a primera vista, pero cierta si se la observa con cuidado.

Daglipulli fue conocida por el mejor lino de todo Chile, fabricado en una industria centenaria que humeaba cercana al centro, y por una fábrica de lácteos famosa, la más grande del país, una cooperativa de lecheros regentada por alemanes. En las afueras del pueblo aún existe una mina de carbón y el primer molino movido por energía eléctrica producido con una usina propia. Hace unas décadas llegaron las madereras, que jodieron todo haciéndose del bosque nativo y reemplazándolo por la plaga vegetal: pinos y eucaliptos, la madera veloz, barata, masiva. Aun así, como pasa con toda la Región de los Ríos, Daglipulli y sus alrededores siguen siendo un rincón que resiste la destrucción de la naturaleza. Tiene un atractivo turístico central: el alerce milenario, el más antiguo del mundo. Para abrazarlo se necesitan varias personas.

Daglipulli es de borracheras largas y silenciosas, puertas adentro de las casas es el único modo en que el tedio y el larguísimo invierno pasa más rápido. Quizás por eso en la región desde los setenta se popularizó el Tratamiento. Tal tiene que hacerse el tratamiento. A tal le cambió la vida el tratamiento. Deja de tomar o te mando a hacer el tratamiento. Andate a dormir o te voy a meter en el tratamiento. Inyecciones con una sustancia que producía una reacción insoportable al alcohol, una agresión tan violenta al cuerpo que luego de ese padecimiento el alcohólico prefiere no acercarse ni al olor de un vaso de vino. Varios de los hermanos de Nadia han terminado haciéndolo porque heredaron el alcoholismo de su padre. Es difícil legar unos ojos achinados, un lunar en la cara, el grosor del pelo, pero es fácil dejar en los hijos la tendencia a tomar demasiado.

36

Antonio me ayuda con la siembra de las flores. Hasta ahora un tipo querible que cortaba el
pasto de todos en este informal condominio. Nacido en Paraguay, habla con la dulzura del guara-
ní, tiene sesenta años, vive casi enfrente, sonríe
con toda la cara. De pronto Antonio es clave. Trabajó en un vivero japonés durante veinte años.
Esta es zona de cultivo. Aquí los quinteros boli-
vianos han ocupado con sus enormes viveros de
hortalizas y los cultivadores japoneses con los
de flores. Desde la ruta y los caminos se los ve
como templos translúcidos hechos de maderos y
nylon. Antonio me enseñará a hacer cosas que
creo conocer pero ignoro: usar la pala, podar, regar, calcular el tiempo de la siembra y el lugar
para plantar, mirar la luz, tener en cuenta las fases
de la luna. Sembrar en cuarto creciente, cosechar
en luna nueva.

37

Sobre las historias que le contó su madre el niño imprimió los paisajes de su infancia pueblerina. A la calle Prat con su cuesta en bajada hacia la plaza y en subida hacia el hospital, la Escuela 4. Al cementerio en el mirador de la montaña, un bosque oscuro en un campo llamado Vista Hermosa. A la iglesia de doscientos años, el correo y la municipalidad, la carbonera. Al puente nuevo, el puente viejo. A Ramírez y la zona comercial, la populosa calle Caupolicán. Se los sumó como quien pinta en un papel de esos para calcar mapas, algo que no pertenece al mundo, que está en la neblina de un paisaje ajeno aunque conocido.

Y así como a los relatos les sumó sus lugares, a la madre que tuvo le sumó una niña. Esa niña espera a su padre por las noches en el inquilinato en el que vive junto a Alba y sus hermanos menores. No le importa que su padre sea ese hombre que llega tarde a despertar a su mamá crispado, a sacarla de la cama a los empujones, a las patadas. No le importa que ese hombre a veces la emprenda contra ella por estupideces. No le importa que se tambalee y huela a trago, que se caiga, que se olvide de quién es, que diga que un día se tirará a las vías. Como sea, es su padre, y ella ansía ese amor que él en algún sitio tendrá guardado.

Para que eso ocurra, para que se revele el amor del padre, ella debe lograr que sobreviva. Por eso ella calcula las horas que demorará, el tiempo en que debe salir de la cama y caminar las pocas cuadras hasta el cruce, donde esperará que él aparezca en la neblinosa noche del pueblo y la abrace para sostenerse.

38

Mi rutina de escritura es intervenida por las misiones que yo mismo me inventé. Antonio está más entusiasmado que yo y me obliga a seguirle el ritmo: debo aprender de él lo fundamental para no necesitarlo todo el tiempo, hacerme cargo de esas sesenta plantas por las que deberé velar. Aún no pude hacerme con los bulbos de dalias. En toda esta zona no quedan, no hay más. Debería habérmelos procurado en agosto; es más, algunas amigas de mi nuevo universo de paisajistas y jardineras me dicen que es tarde. Me quedan pocos días. Mañana volveré a la ciudad solo para hacerme con los diez que me consiguió mi nueva amiga jardinera. El fin de semana me llenó de ideas complejas sobre tareas simples: una glorieta con glicinas, una arcada con rosas trepadoras, un camino zigzagueante, una zona tropical, una piscina natural con plantas acuáticas.

Es un proyecto que podría llevarme más años que un libro.

Soy lento escribiendo libros.

¿Cuándo está finalizado un jardín?

39

Algunos en el pueblo creían que la Madre Adana era una mujer descomunal al mando de un prostíbulo de bajo fondo, una invención de los hombres del pueblo. La Madre Adana era en realidad la dueña de un bar y fonda de comidas chilenas que estaba sobre la calle Caupolicán y que ofrecía cazuelas, pescado frito, empanadas. Elías siempre estaba con la Madre Adana. En cada uno de esos brotes había dejado todo en la Madre Adana. La Madre Adana era el pecado, el vicio, la perdición. La Madre Adana era un bar de hombres.

La mujer sacaba adelante una familia como una emprendedora, dando en su local un trato amoroso a sus clientes. Su modo era el de una madre incondicional, tolerante, que auspiciaba el gran vicio del trago. Había instalado el canje como método de pago, y eso la volvía una figura respetada por los obreros de la cooperativa lechera del pueblo que recibían por mes como regalo seis paquetes de mantequilla y una horma de queso. La Madre Adana los aceptaba como parte de pago.

Alba detestaba tanto a la Madre Adana porque allí no solo Elías tomaba hasta tarde en la noche, sino que en las cercanías del bar vivía su hermano Próspero con su mujer, una belleza inquietante a la que le decían Chabela la Bonita. Con ella Elías había tenido un romance que se volvió un rumor y desató el escándalo. Nadia recuerda los insultos de Alba, que se quejaba porque la ropa de Elías aparecía manchada con el rouge de la Bonita. En algún momento esa relación se terminó. Alba dejó de confrontar a Elías.

Chabela la Bonita se convirtió en la amante del ingeniero alemán que llegó al pueblo a poner en marcha el nuevo molino. Durante años fue un secreto a voces. Una tarde Elías le pidió a Nadia que lo acompañara a caminar hacia el centro. Cuando llegaron a la esquina de la casa del alemán, Elías se quedó allí esperando algo, callado, fumando un cigarrillo atrás de otro. Al rato Chabela la Bonita apareció bien vestida con sus labios rojos y entró en la casa sin tocar la puerta.

A los pocos años de aquella escena Chabela la Bonita se envenenó. Agonizó en el hospital hasta morir destrozada por dentro. Dejó ocho hijos que fueron repartidos entre familiares. Una de ellas fue criada por Alba. Nadia sufría por esa niña, Alba le pegaba por cualquier cosa. Viudo y sin casa, Próspero quedó a la deriva. La Madre Adana lo recibió en la suya y lo trató hasta su muerte como a un hijo.

40

El carpintero que trae el cerco para mi jardín llega al campo y Antonio tiene listas las varillas para proteger las dalias y los gladiolos que al fin sembraremos hoy. Estamos casi en el límite para plantarlos, por las noches sigue haciendo frío pero un calor primaveral envuelve los mediodías y empuja el verano hacia nosotros. Mi hijo cree que es hora de que regresemos al sur de Chile.

Las fronteras vuelven a cerrarse, serán unas vacaciones para permanecer en algún sitio como este, sin ansiedades de aviones, buses, aeropuertos, grandes traslados. Los privilegiados buscamos refugio en los espacios verdes que nos hemos provisto sin haber sabido que serían tan cruciales. Los amigos comienzan búsquedas de tierras baratas para ensayar la vida fuera de las ciudades. Me concentro en el diseño del jardín: qué plantar junto a qué. Paso más tiempo en el campo. Dejo a mi hijo en la ciudad y solo regreso porque lo extraño. Algunos fines de semana logro convencerlo y se suma. Mira con desconfianza mi renovada pasión por las plantas, cree que es algo de viejos.

41

En Daglipulli un día creyeron que el mundo se terminaba. En ese tiempo Alba se había convertido a la religión de los testigos de Jehová: ¿qué mejor para un testigo que el fin del mundo? En lo bajo del pueblo, más allá de la Aldea Campesina, junto al río, en realidad ardía la fábrica de lino. El fuego arrasaba con máquinas y telas, hilos y bencinas. Los productos químicos del laboratorio, los motores, el almacén, estallaban como programados por el demonio. Y en su pequeña casa de madera Alba ponía en fila a sus hijos para que rezaran a viva voz en un último intento de ganarse la vida eterna antes del Armagedón. Nadia rezaba hincada sin creer que se salvarían.

42

Crecí con mi madre repitiendo: esto es el fin del mundo. Cada evento trágico en la familia, el fin del mundo. En su jardín vuelan con el viento del valle todos los pétalos de sus rosas, el fin del mundo. Un hombre abandona a su mujer, el fin del mundo. Una mujer a un hombre, el fin del mundo. Su hijo mayor gay, el fin del mundo. Cae el Muro de Berlín, el fin del mundo. Su hijo menor gay, el fin del mundo. Se muere Alba de un derrame cerebral, demasiado joven, justo cuando dejaba de sufrir, el fin del mundo. Se divorcia su único hijo heterosexual, el fin del mundo. Dos aviones se estrellan contra las Torres Gemelas, el fin del mundo. Un tsunami arrasa con los pueblos de pescadores, el fin del mundo. Se divorcia su hijo menor, el fin del mundo. Estalla Chile y se prende fuego, el fin del mundo. Se cae de una escalera y se fractura la muñeca, el fin del mundo. Un virus encierra a la humanidad y mata a decenas de miles, el fin del mundo.

43

Nadia siempre ha estado convencida de que se quedará ciega. Es una seguridad que viene del temor: sabe que su miopía es grave desde muy pequeña y con los años empeoró. Se dio cuenta de que no era normal ver nublado cuando entró en la Escuela 4; desde su banco no alcanzaba a leer en la pizarra. Pero era tal el miedo que tenía de ser señalada por su defecto que no decía nada, a nadie. Si había algo malo en ella, debía ser su culpa. Si se daban cuenta, todo podía ir peor. Si la profesora le preguntaba, enmudecía.

Era una niña tímida en clase, aunque en ese camino de guerra que era el regreso a casa podía ser una fiera. Sus padres solían castigarla porque no saludaba a los conocidos en la calle: no los veía. No saludar en las calles de un pueblo, sobre todo a las comadres o compadres de los padres, significaba una ofensa mayor. Y como la Nadia era una creída, una cachiporra, una sangre pesada, la aforraban. Tal era el miedo que tenía Nadia a decir que no veía bien que le pagaba a su compañera de banco con la mitad de su comida para que le leyera el pizarrón.

44

El cerco de mi jardín es como el de los cuentos, con maderas perfectamente alineadas la una al lado de la otra, de ochenta centímetros de alto, terminadas en punta y con una puertita como del País de las Maravillas. Un rectángulo al borde de mi refugio, a la vista de mi ventana, al alcance de mi mano para cosechar mis flores por las mañanas. El jardín en su modo primitivo es propiedad, individualidad y posesión. Mi amiga paisajista lo vio y dijo: qué masculino.

Ignoro cuando instalan mi perímetro de madera que estoy cumpliendo con la estructura que le da nombre al jardín: en alemán es *garten*, cercado. Gilles Clément, el jardinero filósofo, el más interesante de los pensadores del jardín contemporáneo, dice que la política del jardín perdura invariable a través de la historia: acercarse lo más posible al paraíso. Clément desgrana la etimología de la palabra paraíso: proviene del latín *paradisus*, del griego *paradeisos*. Esa palabra griega surge del persa *pairidaeza*, que es cerco; de *pairi*, que es alrededor; y de *daeza*, que significa muralla.

45

Habían pasado casi cuatro meses desde la aparición de Maximiliano a orillas del río. Los diarios anunciaban que Salvador Allende llegaría a Daglipulli para un acto público por su candidatura a presidente, la segunda vez que se postulaba. Era, en ese momento, senador por la provincia de Valdivia, la capital de la región. Allende lidiaba con internas feroces de su partido, donde el ala más conservadora para marginarlo lo había obligado a presentarse como senador por la región sur aunque él era de la capital. El socialista había vivido dos años con su familia en Valdivia cuando era estudiante de enseñanza media: en el liceo le decían El Pije por su cuidado español y la elegancia de su ropa. En Daglipulli para recibirlo las fuerzas políticas de izquierda habían organizado un acto en la plaza y una cena en el Club Musical Obrero.

Allende había estado el día anterior en el pueblo de al lado y la celebración por su visita se había estirado hasta las tres de la mañana. A esa hora llegó a dormir a la casa de un legislador.

Daglipulli era un pueblo festivo, de grandes romerías callejeras, con celebraciones de lo inimaginable. Casi sin descanso se sucedían un concurso de canto, uno de baile, el de reinas, la primavera, las fiestas patrias, el aniversario de la fundación, los santos patronos, las carreras de caballo, los campeonatos en el río, el rodeo. A todo se le hacía una once o una cena, y no había horarios, las orquestas tocaban hasta la madrugada. Allende dio su discurso a las nueve de la noche. Fue directo al corazón de sus seguidores. Hablaba nombrándolos a unos y a otras, seguro que no por un feminismo precursor pero sí para interpelar a su audiencia como ningún otro político supo hacerlo en Chile. Ante más de mil personas dijo: «Tú, mujer de Daglipulli, sabes que tienes la oportunidad de elegir libremente al margen de presiones y del dinero y puedes hacer triunfar el programa del pueblo. Hablo como auténtico vocero de ustedes, vocero de su legítima rebeldía; rebeldía contra el hambre que sufren, contra la cesantía cruel, contra los niños descalzos, contra las escuelas sin libros».

Allende caminó rodeado casi en andas hasta el Club. En la cocinería donde solían almorzar los huasos que venían al pueblo en la semana hervían varias ollas de cazuela y las ensaladas de tomate, cebolla y ají salían con el pan caliente recién hecho junto con los pebres con el olor del cilantro.

Corrían el vino y la chicha, y a medida que la noche se entibiaba aturdía el griterío. Muy cerca de allí, en las montañas cordilleranas, hacía cinco años el poeta Pablo Neruda había pasado dos meses esperando el momento para cruzar a lomo de caballo hacia la Argentina escapando de la proscripción al comunismo. Lo amenazaban con la cárcel. Allí había escrito su *Canto general*.

Pasadas las doce de la noche había ganas de baile. Uno de los comensales pidió la palabra. Le dijo a Allende que aceptara una cueca con alguna de las damas para que ella tuviera luego de su triunfo el honor de decir que había bailado con un presidente. Era una chanza campesina, lejos estaba entonces Allende de conseguir los votos para serlo. El candidato lo tomó con humor y, rápido de reflejos, dijo: como presidente de Chile tengo la facultad de delegar el poder, de dictar decretos y ordenar. En consecuencia, ordeno que en representación mía baile esta cueca el doctor Knopel. Pero el médico se excusó también con un chiste diciendo que su rodilla no estaba para cueca, y luego lo hizo el doctor Araneda. Los médicos amigos no eran bailarines. El griterío desbordaba las paredes del Club Obrero y se escuchaba desde la plaza. Allende retomó la palabra: como los doctores se achaplinaron esta cueca la debe bailar un obrero. En la punta de un mesón, con sus compañeros del sindicato, después de varias cañas Elías había juntado valor y sintió que lo interpelaban. Aunque amante del tango, salió entre las mesas y por única vez bailó una cueca con una dirigente del Partido Comunista.

46

En mis indagaciones sobre dalias me dejo llevar hasta el laberinto del naturalismo y la botánica. Al regresar después de una semana en la ciudad veo que las clavelinas han sobrevivido a los fríos extemporáneos de este mes. Verlas crecer me da primero la noción de color y tamaño, la morfología y sus descripciones. Su nombre científico es *Dianthus chinensis* y son originarias de China, Mongolia y el este de Rusia. Comprender la lógica por la cual se organizó el mundo vegetal me lleva un tiempo. Al principio son datos acumulados sin sentido. Me inicio en el afán taxonómico de los naturalistas que recorrieron el mundo hace siglos y dedicaron sus vidas a la clasificación y la descripción.

47

El parto de los mellizos duró una noche. No hubo modo de convencer a Alba de que fuera al hospital del pueblo: quedó en manos de la meica. Era mayo, hacía frío, la estufa a leña de la cocina no alcanzaba a calentar la pieza. Hubo que llenar un brasero. El inquilinato pareció vaciarse. Se escuchaban los pasos escaleras arriba y abajo, cada vez más lejanos, cuidadosos. Lo sagrado del nacimiento impone el respetuoso silencio de una agonía. Alba había parido a siete. Solo Alba Arcelia se había muerto. Dicen que era una niña demasiado linda, los ojos azules de Anselmo, y que por eso se la pasaba ojeada. Las miradas de los demás la sumían en estados febriles y descomposturas, los síntomas del mal de ojo.

La última vez enfermó un domingo. Una de las hermanas de Alba que trabajaba cama adentro como nana llegó de visita con una amiga en su día libre. La mujer le dijo a Alba que su guagua era muy linda pero que no la tocaría porque ella tenía el ojo muy fuerte. Se le había muerto un niño adoptado por su padre unas pocas horas después de su mirada fulminante. Pasaron la tarde entre chistes y cuentos de los patrones. Albita Arcelia enfermó de vómitos y diarrea. La llevaron al hospital. A las seis de la mañana ya había muerto. En el cementerio de Daglipulli Alba dejaba flores ante una tumba diminuta.

Cada vez que se sabía que Alba esperaba guagua, sobre Nadia se cernía la tragedia. Cuando escuchó del séptimo embarazo estaba jugando bajo las escaleras. Alba conversaba con una vecina en la fuente de la ropa y lo contó en voz baja. Nadia corrió al dormitorio, se encerró a llorar. Esta vez serían mellizos. Aunque llamaban la atención el tamaño de la guata y la línea perfecta que la partía en dos cruzando el ombligo, nadie lo sabía. El médico sospechaba, le había insistido en que fuera a parir al hospital. Alba se negó. Después de siete partos conocía su cuerpo acercándose a ese momento y no tenía miedo. Ese día Nadia picó leña. En los rincones helados del sur nada se puede hacer en mayo si no se ha picado leña. Los trozos vienen grandes, con hachazos se los divide para que entren a la estufa. Con la leña suficiente Alba se metió en la cama.

48

Los brotes de las dalias asoman en el suelo de mi jardín. Se los distingue rompiendo la tierra con paciencia. Llevará un par de meses que lleguen a su tamaño adulto, y seguramente en diciembre tendremos flores. Protegidas bajo pequeñas torres hechas de tres palos, evitaré el picoteo de los pájaros antes de tiempo. En la emoción del día en que sembramos olvidé identificar a cada una. Solo sé que las dalias ocupan dos franjas separadas por el breve pasillo que dejamos para caminar, regarlas y quizás un día cortarlas. En este jardín inaugural habrá dalias rojas, pompón, bordó y, si tenemos suerte, una Herbert Smith fucsia y estallada que será la reina de los mil pétalos carnosos y llenos de filo, amenazantes. Algunos la llaman dalia cactus.

49

Suspiros contenidos primero, el dolor cíclico de las contracciones después. Elías se llevó a todos los varones a la casa de su madre, la abuelita Ema. Nadia debió quedarse en su pieza. A las tres de la mañana los gritos atravesaban las paredes de madera. Nadia, la niña de doce años, lloraba; no sabemos si por el miedo que le daba que su madre muriera, si por el dolor que comprendía atravesaba, si por ella y su destino, si por la noche oscura. Hasta que Elías le gritó: Nadia, levántate. Nadia, ese nombre tan poco infantil, de mujer grande.

La Nadia se levantó, corrió a alimentar el fuego, calentó más agua, y cuando entró en la pieza entendió el bramido: vio a su madre pujar. El vientre se movía como si portara un animal. La guagua no podía nacer, solo existía el llanto y el grito desgarrador de Alba luchando por parir. Sintió el calor del brasero, el olor humano de un nacimiento, y se dio cuenta de que allí no había dónde recibir a un recién nacido. Bajo la cama había un nylon y ella dijo que allí debían poner a su hermano Iván. Con una tijera la meica cortó el cordón. Su madre, con el segundo bebé adentro, solo quería morir. Déjenme, por favor déjenme. El niño lloraba en el piso. Alba se desvaneció. Déjela, pidió Elías. Y la meica: no compadre, hay que revivirla, si es que viene naciendo otra guagüita. Elías le dio a Alba un palmazo en la cara. Ella, ida, le dijo: no me pegues Elías por favor.

Sobre la cama de Alba y Elías había un Corazón de Jesús de yeso en relieve. La melliza llevaba horas atravesada, las fuerzas de Alba se extinguían y los ungüentos y agüitas de la comadrona, las súplicas, las rogativas dibujadas en el aire no alcanzaban. Poco antes de las siete de la mañana, todavía de noche, doña Isabel se desesperó, ella también flaqueaba. Era una mujer fortachona, llena de vitalidad, había hecho nacer a cientos y cientos de niños y niñas en el pueblo y en las casas campesinas; río abajo y río arriba era respetada. Tiempo después de aquella noche pagó con la cárcel la muerte de una joven vecina. Era una chica de familia que le había suplicado que le practicara un aborto. Sus pacientes la querían porque no hacía comentarios por lo uno o por lo otro. Comprendía que los embarazos no siempre eran una buena noticia, así como las hacía parir podía ayudarlas a no parir.

Esa mujer, al borde de la derrota, de la muerte de su amiga, le ordenó a Elías: hínquese y pídale a Jesús que nazca esta guagüita.

El pecador se arrodilló y pidió con el alma.

La niña pareció escucharlo, se enderezó y, sin que Alba hiciera más esfuerzo, nació.

Nació muerta. Ivonne no respiraba.

Llevaba demasiado tiempo atrapada, se le habían deformado el cráneo y la cara en el esfuerzo de salir. La piel muy blanca en su hermano mellizo en ella se había puesto color azul. La meica preguntó si en el gallinero del inquilinato, junto a las letrinas, tenían una gallina quetre. Elías y Nadia corrieron. Había una, una gallina mapuche, con aretes de plumas cerca de los oídos, de las que ponen huevos azules. Nadia la cazó y la llevó agarrada de las patas cacareando hasta la pieza. La señora Isabel la tomó con una mano, y con la otra le puso el pico en la boca exangüe de la guagua. La gallina aleteaba. La respiración del animal entraba de a poco a los pulmones de Ivonne.

En un segundo inmortal Ivonne lloró.

50

El jardín de mi madre en el valle es muestra de que sus quejas tienen sentido. El viento patagónico no avisa y en primavera suele ser de una violencia enloquecida. Cruza la cordillera y baja por las laderas de los cerros habiendo vaciado la humedad en Chile. Obliga a los árboles a moverse dejando que el soplo marque las ramas para preservar bajo ellas los rocíos, achaparra los coirones refugiados como cápsulas en la meseta y se dirige sin obstáculos al valle agitando la fuerza de su calor en la confluencia de los ríos. El viento se cierne sobre el jardín de rosas de mi madre habitándolo, como ella habita su íntimo entorno, como a su casa de sutiles cuidados, resguardada del fracaso porque el viento es el de siempre y son viejos conocidos. Ella misma es viento cuando quiere.

El departamento está en la planta baja del edificio, por eso le corresponde ese rectángulo demasiado parecido al mío. Darme cuenta me inquieta y me causa ternura. De algún modo ella y un joven ayudante que la asiste en el mantenimiento del cantero y el cortado del pasto se las han arreglado para que tras un cerco reluciente de rejas amarillas las flores despierten la admiración de los que pasan. En los últimos años, al viento se le sumaron tormentas que todo lo inundan y colapsan las ciudades.

El barrio de mi infancia tuvo su momento de esplendor hace cuatro décadas. Ahora se hunde en la miseria. Las cloacas vencidas estallan cada tanto entre los módulos, los tachos de basura comunitarios parecen bombardeados, los vecinos han convertido sus jardines en garajes para guardar allí sus autos y evitar los robos que son cotidianos. Mi madre y mi padre han avanzado sobre el terreno común. Tras la pequeña vereda a lo largo del monoblock plantaron césped, sembraron árboles, pusieron una nueva reja y construyeron también un garaje para su auto flamante.

El departamento está siempre recién pintado, por dentro y por fuera. Las persianas de un amarillo más intenso que las demás, desgastadas después de décadas de uso. Por dentro mi madre ensaya combinaciones en degradé que la hacen cambiar los adornos, las lámparas, los almohadones de los sillones, las cortinas: todo combina. Cuando se ha enfermado y los médicos deben visitarla se sorprenden con los detalles encantadores. Es como entrar en un cuento de hadas en medio de un paisaje distópico. Por las mañanas en verano, antes de que el sol sea insoportable, o por las noches si el día es de calores de cuarenta y dos grados, es un placer ver a esta señora elegante regando sus rosas amarillas. El paraíso no existe porque no lo deseamos.

51

Un terremoto suena como un tropel de caballos desbocados. En Daglipulli el zumbido bajó de las colinas, entró en el pueblo como un visitante impertinente y estalló en un primer remezón que hizo correr a los que andaban por las calles, avisando que venía uno más grande. Fue el 22 de mayo de 1960 en el sur de Chile. Causó dos mil muertes. Tres mil heridos. Un millón de familias quedaron sin casa. Levantó un tsunami en el Pacífico con olas de diez metros de altura. Dos ríos cambiaron de cauce. Pueblos enteros desaparecieron. La capital de la región se hundió más de dos metros. El terremoto liberó una energía equivalente a 6,6 megatoneladas de dinamita. Más energía que la bomba de Hiroshima. No la produjo el humano. Fue la naturaleza, el aparente capricho por el cual dos capas tectónicas acumulan energía durante cuatrocientos años hasta que estallan.

Eran las tres de la tarde de un domingo, la familia se había reunido a comer un pato que alguien había traído del campo. Elías había mandado a comprar una chuica de chicha, una bebida de manzanas fermentadas que se toma en el sur y emborracha picante. Uno de los hijos entró corriendo a la cocina, dejó la damajuana en la mesa y la mesa la lanzó al piso. Ahí viene uno más grande, gritó. Salgan, ordenó Elías. Alba aún estaba en cama. Los mellizos habían nacido hacía solo ocho días. Elías tomó a Ivonne en brazos. Alba se puso lo que pudo y corrió. Nadia detrás de ella buscó entre los despavoridos a su hermano Iván. Los habían bautizado así, Iván e Ivonne. En la fascinación por la niña nacida mujer después de seis varones se olvidaron del niño. La Nadia entró a la casa bamboleante y salió con la guagua en brazos. Corría desesperada cuando la tierra se abrió bajo sus pies como un pan caliente que recién sale del horno. Nadia supo sobrevivir: abrió las piernas como jugando a la rayuela hasta que la grieta volvió a cerrarse. A su alrededor otros gritaban tragados por la tierra enfurecida.

52

Tengo la sensación de haber vuelto a soñar lo mismo que ayer a la tarde cuando llegué al campo y me derrumbé de cansancio: cultivo una planta de ramas dispersas y volátiles, una zanahoria de la que puedo ver el bulbo aunque esté enterrada. Sé que no corresponde que esté entre las flores de mi jardín, pero al mismo tiempo que lo pienso escucho los consejos de varias jardineras que me dicen lo uno y lo otro: mezclar es lo mejor, apartar la huerta a su lugar es lo que corresponde.

Las redes sociales me ofrecen aplicaciones capaces de identificar solo con fotografiar cada especie. Me tienta pagar por una de ellas, pero me freno como si fuera pecaminoso hacer intervenir de ese modo la tecnología y darle todavía más información al algoritmo que seguirá ofreciéndome luego sus semillas, más sustrato, macetas, cursos, comida orgánica, terrenos en reservas naturales, chacras en Uruguay. Todo lo que quiero es una biopiscina y jamás me llega ese anuncio.

Ayer descubrí que hay más de trescientos iris registrados.

53

La Escuela 4 era territorio de guerra pero las batallas se libraban a pocas cuadras, en la carbonera, entre su hollín y su olor a mineral. En el primer inquilinato donde ellos vivían, también muy cerca de la carbonera, tenían unos vecinos abajo: la esposa era la madrina de su hermano menor, el primero de los varones; el esposo era el padrino. A veces a ella la dejaban al cuidado de esa pareja. No tenía más de cinco años: el hombre la sentaba en sus piernas, le convidaba cucharaditas de miel, un manjar que a ella le encantaba, y mientras la hacía probar el dulce salvaje la rozaba con su miembro. Esa palabra usa Nadia cuando lo nombra, miembro.

Nadie se daba cuenta, ella misma sabía que aquello era extraño, secreto, pero no sabía cómo decirlo. Es que se crio en la calle. Siempre estaba en la calle, tenía permiso para reinar en la calle. Se iba junto a sus hermanos a los carros de fruta que llegaban a la estación a buscar melones y sandías partidas descartadas por los cargadores. Cerca de allí los camiones que traían el carbón de la mina se estacionaban para pasarlo a los carros del tren. Entre esos carros quedaba un espacio del tamaño de una cancha de fútbol chica. A ese lugar Nadia citaba a sus enemigos a pelear.

En la foto que Nadia conserva de su primera comunión se nota que de algún modo esa familia había hecho el esfuerzo de mandar a coser un vestido largo, con un velo que cubría la cabeza de la niña como a una novia, con la pequeña cartera de tela a un lado y el misal entre las manos. Nadia posa arrodillada en un reclinatorio de madera. Mira al horizonte indicado por el fotógrafo. Su seriedad es la que corresponde a una chica que pasa por las peores y se concentra en ese acto religioso haciendo el esfuerzo de olvidar todo lo demás. En esa niña comulgando con su ajuar impecable en la iglesia frente a la plaza se vislumbra el deseo de la mujer realizada y moderna que sería.

54

Leo nombres de flores y plantas que no consigo recordar. Me abrumo. Me dedico a cultivar una por una y las aprendo a medida que las voy plantando y trasplantando. En el jardín rectangular dejamos dos zonas libres, en una quiero rosas, junto a las dalias. En la otra deberían ser flores blancas, pero no jazmines ni rosas. Creo que deberían ser narcisos. La última vez que salimos de compras a viveros le prometí a Antonio que volveríamos por unos rosales trepadores que vimos en el de Rosita, y también creo que le dije que llevaríamos un durazno. Y por más que ya casi termino *Plantas nativas rioplatenses para el diseño de espacios verdes*, el segundo tomo de *Elementos de diseño y planificación con plantas nativas*, no logro enamorarme de las nativas, como les dicen las jardineras que se han vuelto celebridades.

A primera vista el auge del paisajismo de nativas propicia las plantas originarias de esta región, los alrededores del Río de la Plata, del litoral, de la pampa húmeda. Y desprecia las rosas, mis dalias, mis amapolas futuras, mi homenaje a mis ancestras. Fui formateado para apreciar esa belleza inglesa. Aún mi deconstrucción botánica es precaria.

55

Va a pelear la Nadia en la carbonera.

El anuncio, a los gritos, se repetía entre los alumnos a la salida de la escuela, todos en tropel, como el de una pelea de box. Alguien le había pegado a alguno de sus hermanos menores, todos más tímidos y débiles que ella; un atrevido que se creía por ser el hijo de un obrero menos pobre, de un empleado arribista, de un padre menos borracho, lo había ofendido. Y si lo habían ofendido a él lo habían hecho con ella, con sus padres, con toda su estirpe. Esa capacidad para ofenderse por la ofensa al otro más que por las ofensas a ella misma es algo que heredó de su madre. La profunda furia por una herida o un golpe que no está en el cuerpo propio sino en el cuerpo de un otro mancillado. Si el dañado es además más débil que el agresor aparece una rabia más poderosa que puede generar la necesidad de una lección para el imberbe con un insulto o una acción reparadora por la vía de la humillación.

Va a pelear la Nadia en la carbonera.

Ella le dejaba a su hermano los cuadernos y esperaba a su contrincante en el piso oscuro de la carbonera, con los pies sobre la tierra de sus antepasados, cerca de las vías donde por las noches cruzaba a su papá para que el tren no lo arrollara, y se entregaba a la pelea, a los puñetazos, con esa rabia que solo ella podía tener, contundente y arrolladora, imparable y vengativa. Hasta que el otro se declaraba vencido y la pelea se daba por terminada: el honor había quedado a salvo.

Años después, solo su hijo, ese niño delicado, por un acto que no estuviera en sus cálculos, podía desatar en ella una furia así.

Segundo jardín

56

Intento pensar solo en botánica y en la inmensidad que fue la escritura de *Systema naturae*, de Carlos Linneo, hacia 1752 y mi hermano menor me avisa que mi padre ha caído de una escalera. Revisaba una luz de una cancha de fútbol donde nadie patea una pelota hace siete meses. Reparan el campo de juego esperanzados con el regreso de la actividad, en una ciudad del sur que ya no tiene camas de terapia intensiva, en una provincia patagónica que se ha vuelto viral y contagiosa. Hablan del valle en algunos noticieros: el lugar más preocupante del país, ya trasladan pacientes a la capital porque no dan abasto. La líder de los médicos terapistas es del valle y algunas noches da reportes desesperantes desde su oficina en el hospital local. De pronto ya no tememos que nuestro padre muera por la peste, tememos que se haya partido la cabeza y los huesos contra la falsa superficie de un césped sintético. Si nos morimos, que sea sobre el suelo de tierra que nos toque.

Mi padre se ha caído, chocado y golpeado toda su vida. Siempre se recupera con una rapidez sorprendente. Por los mismos golpes otros estarían muertos o dañados para siempre. A los cincuenta lo operaron de una hernia de disco. Luego le hicieron un bypass a corazón abierto. En un viaje de dos semanas a un *all inclusive* de Cancún y Playa del Carmen bebió y comió de tal forma que tuvo un paro cardíaco y al llegar al valle lo internaron y le salvaron la vida poniéndole dos *stent*. Una vez regresando de Chile volcaron una camioneta con mi madre. Salieron ilesos. En otra ocasión chocó contra un caballo en la ruta del desierto: uno de sus empleados murió. Él ni se rasguñó. Otra vez salieron de juerga con mi hermano y él volvió ebrio en un viejo Renault 12 a la casa, chocó contra un poste de luz y se partió la frente con el volante. Solo sangró y armó un escándalo en el hospital. No fue la primera ni la última vez que se rompió la cabeza.

Tenía trece años cuando nos avisaron desde el yacimiento petrolero en el que trabajaba que se había caído de un tanque de tres metros de alto. Lo estaban llevando a la ciudad en un avión porque había entrado en coma. El menor de nosotros era un bebé, el del medio tenía diez. A mí me correspondía hacer los trámites para su atención médica, escuchar los reportes y conducir el auto para trasladar a mi madre. Era un Fiat 128 amarillo adaptado para correr carreras de TC en el que me escapaba a hacer coleadas con mis amigos. En

un pasillo nos dijeron que mi padre se había fracturado el parietal izquierdo. Nos permitieron verlo. Al pie de la cama, con mi padre inconsciente y
conectado a aparatos, mi madre le habló. Le dijo
que no podía dejarnos sin una casa propia, sin
ahorros, todavía niños, en la calle. Si la dejaba
sola moriría maldito y se quemaría en el infierno.
Pasó solo un par de días allí, una mañana se despertó. A la semana siguiente estaba en la casa con
la cabeza envuelta en gasas a salvo de él y de la
maldición.

57

Allende es alguien de izquierda pero decente, no un comunista, pensaba. En algún momento antes del nacimiento de los mellizos Elías se inició en la política. Del aserradero pasó a la maestranza y ayudó a formar un sindicato metalúrgico. Primero fue el delegado, pronto mostró condiciones de líder. Estudió las leyes que les permitían acortar la jornada, ponerle límites a un libanés que había llevado a Daglipulli la primera gran fundición de hierro capaz de construir maquinaria agrícola. Todo el sur se llenaría de esas máquinas que aceleraban el proceso de arado, de siembra, de cosecha. Hasta entonces los campos de la región se valían de bueyes viejos manejados por hombres como Bautista y niños como Pedro. Con el sindicato llegó su afiliación al Partido Socialista. Ese año fue la primera vez que Nadia y sus hermanos recibieron regalos de Navidad. El sindicato los compraba para los hijos de los trabajadores así que se juntaban y se repartían en el inquilinato. Nadia pudo elegir la muñeca de sus sueños: rubia de rizos y vestida de novia, demoró días en sacarla de su caja. Prefería mirarla a solas en un rincón, cuidarla, no permitir que alguno de sus hermanos la tocara.

58

En los muebles enchapados en caoba de su cuarto mi madre luce muñecas de colección. Son tantas que las renueva por temporadas: muñecas veraniegas, invernales, de otoño, de primavera. En su habitación, donde los colores combinan en tonos del rosa y el durazno con la obsesión de una decoradora de Versalles, las muñecas son de juguete y provienen de destinos remotos: algunas se las he comprado en distintas ciudades ataviadas con sus trajes típicos. Una bahiana del aeropuerto de San Pablo es reversible. Se la da vuelta y su falda inflada cambia de color. Cuando quiere llamar a la suerte y recibir un dinero extra para algún antojo, que suele ser un perfume importado o una cartera nueva, mi madre coloca un billete bajo la muñeca y lo deja madurar. Cada mañana da vuelta el vestido. Al cabo de los días el antojo se le cumple.

59

Después del terremoto Alba y Elías tuvieron que aceptar la invitación de una vecina amiga que tenía tantos hijos como ellos y una generosidad sin límites. En el hacinamiento de esa casa sobre la misma calle Caupolicán la Nadia comenzó a fraguar su partida. A la pampa junto al río esta vez no había llegado el circo que cada año traía lluvias sino varias carpas gitanas más bulliciosas. Visitaban cada ciudad del sur haciendo negocios y promocionando el arte de la adivinación a crédulos campesinos que venían del campo a tirarse la suerte. Nadia, que era ya una reina en esas calles de hollín y tierra, se hizo amiga de uno de los chicos de esa familia. Él le presentó a sus padres. Ella fue recibida con abrazos. A medida que los días pasaban Nadia se convencía más: podría irse montada en uno de esos carromatos, casarse luego con aquel gitano hermoso y vivir la vida de viaje.

Acordaron el plan. Él la esperaría a la madrugada, justo antes de que el sol saliera. El día previo fue eterno. Hizo todo lo que se necesitaba en la casa. Barrió. Lavó ropa. Planchó las camisas de Elías. Ayudó a cocinar. Sirvió los platos. Lavó la loza. Se comportó sin producir un solo entredicho, no contestó a los insultos y armó como pudo un pequeño paquete con lo esencial para no despertar sospechas. Esa noche no durmió. Esperó el canto de los gallos de las cuatro de la mañana, la señal de su liberación. Salió de la casa en puntas de pie evitando el ruido de las maderas desclavadas. Cuando se asomó a la pampa, de los gitanos solo quedaban las brasas de un fuego, las marcas de las estacas, algo de basura en el borde del río y las huellas de los carromatos en el barro de la pampa deshabitada.

60

Junto a la cerca crecerán los gladiolos. Sus bulbos no sobresalen hacia la superficie con un vástago como las dalias. Pensé que sería más improbable que florecieran, pero allí está el primero de ellos abriéndose paso. El tallo sale de la tierra blanda con el vigor de una espada romana: por algo se cree que el nombre le fue dado por Plinio el Viejo al compararlo con un *gladius* en uno de los tomos de su *Naturalis historiae,* la primera gran enciclopedia occidental. De dos mil cuerpos escritos por Plinio y su ejército de jóvenes colaboradores solo se preservaron treinta y seis. Pasados dos mil años no existe especie más híbrida que el gladiolo. Ha sido cruzada más de mil veces hasta que a comienzos del siglo xx los jardineros experimentales dejaron de generar nuevas flores y prefirieron volverlas más grandes y coloridas.

Durante el xix los jardineros ingleses se fascinaron con las infinitas posibilidades de color que les daba el viejo método de polinizar con el polvo mágico de los filamentos de una planta silvestre los estigmas de otra clásica. Tal fue la masividad de la experimentación que la nomenclatura binominal se volvió caótica. Lo más probable es que los que sembré en mi jardín sean *Gladiolus hybridus*, como la mayoría de los que se pueden comprar por correo, simplemente porque en la confusión prefirieron estandarizar el bautizo. En la búsqueda de la distinción incesante del progreso se ha logrado una homogeneidad extraña, la de la infinita variedad.

61

Poco después del terremoto recibieron la noticia que cambiaría sus vidas y la de otros perjudicados por la catástrofe: el estado de Georgia de los Estados Unidos de América les obsequiaría una vivienda con un terreno de mil ochocientos metros cuadrados para que pudieran cultivar lo propio. Se llamaría Aldea Campesina Georgia y estaría ubicada antes de ingresar al pueblo, sobre un camino de piedras pero que pronto sería la nueva carretera de ingreso. Cada estado norteamericano financió un barrio para los desposeídos del sismo: era parte del programa creado por John F. Kennedy, la Alianza para las Américas, que destinaba fondos a gobiernos reformistas como un modo de contrarrestar el auge insurgente posrevolución cubana. En distintos lugares de Chile existen otras aldeas similares: siempre pequeñas casas de dos aguas en madera con terrenos que permiten sembrar una huerta y criar algunos animales, aldeas pensadas desde la concepción del *farmer* norteamericano pero con una superficie escasa.

En los diarios del pueblo se publicó una lista con las cuarenta y ocho familias que recibirían las tierras de la futura aldea. Aún faltaba la construcción de las casas. El dueño del inquilinato de la calle Caupolicán le avisó a Elías que lo demolerían porque sus bases estaban en peligro por el terremoto y construirían uno nuevo. Se tenían que ir. Elías no conseguía dónde mudar a su familia. Cada semana recibía una nueva presión. Era inminente un desalojo. Por sus contactos sindicales logró hablar con alguien del gobierno y plantear su situación. Le permitieron armar una mediagua provisoria hasta que se construyera su casa. En dos piezas se apretujaron todos. Para Alba no importaba la estrechez. Volvería a tener una vida campesina. Pidieron prestada una yunta de bueyes, araron su tierra y sembraron papas y cebollas. En un corral pequeño metió cuatro gallinas y un gallo.

62

Es día de recorrer viveros. En la Ruta 36 vemos unas enredaderas de flores rojas, bignonias. A Antonio lo seducen por su potencia, dice que crecerán rápido y no tienen espinas. A mí siguen llamándome las rosas trepadoras, su fortaleza en los tallos que se aferran a los troncos y prometen una vida larga y sostenida. En la cooperativa de floricultores atienden Rosita y Mari, cuyos locales se enfrentan como si hubieran sido antiguas amigas que se pelearon dejándose de hablar aunque se vean cada mañana.

63

Apoyada en su azadón, Alba vio llegar a las nuevas vecinas con sus bártulos y su hilera de hijos. Para todas esas mujeres que escapaban de otros tugurios, de mediaguas húmedas y de inquilinatos, ella y su sonrisa franca y transparente eran la mejor bienvenida. Buenos días, les gritaba con las botas de goma puestas. Ellas envidiaban lo adelantado que llevaba el terreno: ya la tierra mostraba su fertilidad dando los primeros tallos de papa. La papa es el alimento que salva la olla. Con papas siempre se puede inventar algo. Rinde. Es llenadora. Es originaria. Se remontan al 8000 a. C. en los Andes peruanos, pero su infinita variedad atraviesa todas nuestras montañas. Alba les dio papas a sus vecinas para que empezaran con sus siembras y la especie se multiplicó por la aldea alimentando criaturas y viejos, mujeres y maridos, sin distinguir apellidos o procedencias.

Alba se volvió confidente de la señora Norma. A ella el marido la había dejado con ocho hijos a su cargo. Las otras se reían de Norma porque empezó a picar su huerta con una pala. Alba le prestó los azadones y la defendió del cahuín de la barriada. Comenzaba el día en la cocina, volaba a la huerta, pasaba a visitar a su amiga al cerco. El cercado imaginario fue siempre el lugar de encuentro, la una de un lado, la otra del otro; apoyadas con las dos manos en las herramientas el tiempo volaba cuando se contaban la vida diaria, los pesares, y Alba tenía que regresar corriendo para poner en la mesa el almuerzo a horario. Apenas las ollas hervían volvía un rato a la huerta. A veces sus vecinas le ganaban en sus competencias aldeanas: ella se había burlado al ver a Norma y a otras volver de la feria de ganado a un kilómetro de distancia con unas bolsas llenas de bosta de vaca arrastrándolas por la pampa. Luego los tomates que ella había sembrado sin abono le resultaron ridículos y los de las otras colgaban rojos y enormes de las matas. Entonces ellas se reían de Alba.

Un día en la huerta apareció un cerdo que se había escapado de un campo cercano. Allá gritó Alba al cabrerío que agarraran ese chancho: incluida la Nadia, se pusieron al acecho en bandada. Agachados como cazadores sigilosos fueron caminando en círculo evitando que el animal se agitara, sospechara su destino seguro y saliera carpiendo por los huecos del cerco hacia otros terrenos donde otros harían lo mismo si pudieran. Los afortunados esta vez eran ellos. Cazar un chancho suelto y asustado no es tarea de lesos: la caminata hacia el animal es un arte de pasos zancados, para acortar el trecho que correr hasta lanzársele encima. En algunas fiestas de pueblos se usaba el juego del chancho enjabonado.

En Daglipulli vivió un personaje amado y maltratado por su locura con la burla de los insidiosos, le decían Chanty. Era hermano de aquella novia imposible que tuvo el asesinado Maximiliano. Se decía que Chanty enloqueció porque a él le prohibieron el amor de su novia, con la que tuvo una hija. Los malignos para rechiflarlo solo tenían que decirle: Chanty, ¿dónde está la chancha? Y Chanty engranaba furioso. Siendo pequeño una chancha había escapado del chiquero de su familia y él había participado de su cacería. La chancha lo había toreado y él había salido herido.

A veces Chanty caminaba cruzando la plaza cantando a todo vuelo una de esas canciones que inventaba y uno que no tenía otra cosa que hacer le chantaba la pregunta. ¿Dónde está la chancha? Él ya tenía una respuesta: ¡la chancha de tu hermana! Chanty llegó a ser tan popular como el poeta surrealista del pueblo, Chiflío, que con sus bigotes al estilo de Dalí al morir también mereció un funeral multitudinario y el duelo oficial del municipio. Chiflío murió de viejo, a los noventa y largos. A Chanty lo atropelló un camión de

Coca-Cola cuando hacía marcha atrás un día de neblina espesa.

Al chancho que entró en la huerta lo cazó uno de los hermanos de Nadia. Era un cerdito al que los chicos querían adoptar pero que pronto comenzó a ser alimentado con cáscaras de papa y sobras en un chiquero improvisado en el fondo. El dueño apareció en su búsqueda pero negaron haber visto animal alguno. El cerdo llegó a ser un chancho del tamaño de una cama. Alba había crecido ayudando en el campo en las muertes de chancho. Desde entonces todos los años criaba uno.

En agosto la familia se reunía en torno a la faena: matarlo con un hachazo en la cabeza para que se derrumbara, clavarle una estaca en el corazón y juntar la sangre para con ello preparar la prieta y luego laucarlo, que es, como se dice en mapudungún, pelar el chancho echándole agua hirviendo al cuero para que suelte el pelo y quitarlo raspándolo con un cuchillo. Después la separación del cuero de la tragua, la grasa que se convertirá en chicharrones, el carneo en sí, el corte de los costillares, los perniles, para aprovechar todo en cada uno de los productos: la longaniza, el queso de cerdo hecho con la cabeza molida, el arrollado alineado de carnes envueltas en el cuero.

64

Rosita está de mejor humor que la última vez, un derecho que parece darle ser la dueña del vivero más vital y profuso: sus rosas son las mejores. Le compramos tres plantas, dos rojas y una rosada, con brotes seguros. Solo entrar en sus dominios y el color invade, los aromas se sienten y una colección de Budas a la venta alegra el primer estante. Les tomo una fotografía y escucho a mis espaldas el reproche de esta mujer que me recuerda a otras mujeres del campo, de esas que tienen una escopeta detrás de la puerta por si algún atrevido quiere hacerse el vivo una noche de estas. Que si le he pedido permiso a alguien para tomar esa foto, dice, que adelante, total estoy en mi casa.

65

En el camino que baja al pueblo, sobre la cuesta, sobrevive una Virgen. Es tan antigua en ese lugar que le dicen la cuesta de la virgencita. Se trepa una escalera tallada en la tierra hasta una altura en la que alguien alguna vez armó un altar protegido de la lluvia por un techo de tejas de madera. Allí reina una Virgen blanca y celeste, con su corona dorada y su expresión santurrona. Los feligreses suelen dejarle flores y velas. En ese lugar se escondía Nadia cuando era una adolescente para fumar con sus amigas. Y desde allí le silbaba a doña Helga cuando regresaba de lavar ropa en la casa de alguna familia del centro. Sueeeegraaaaaa, le gritaba con voz ronca. Helga la maldecía.

66

Construir el mundo ha sido nombrar: la humana intención de abarcar la diversidad de las especies y conquistar. Fue Aristóteles el que primero dividió lo existente en tres reinos. Teofrasto, su discípulo adorado y quien heredó su puesto como director del Liceo, unos trescientos años antes de Cristo se dedicó a la elaboración obsesiva de la primera *Historia plantarum*. En diez tomos el griego clasificó las plantas por su modo de reproducirse, su distribución geográfica y su uso como alimentos o medicinas. Árboles, arbustos, espinosas, hierbas, cereales y jugosas. Cada libro un tema. El tomo diez se perdió para siempre.

Las mujeres que me insisten en redes con consejos de todo tipo para lograr eficiencia en mi jardín incipiente tienen en él un antecesor glorioso. Repasar su segunda gran obra, *De causis plantarum*, es aprender jardinería práctica de la Antigüedad. Teofrasto enseña en seis tomos cómo detectar enfermedades, conservar semillas, domesticar especies silvestres, comparar plantas de

la misma especie, cómo olerlas y saborearlas, y algo clave en el desarrollo de la jardinería futura,
cómo hacer injertos.

67

Nadia no quería ser la madre de nueve niños. Se concentraba como podía en terminar su educación. Había un camino allí, ella lo podía ver. Al menos el liceo la alejaba de la tarea cotidiana de criar a sus hermanos. Conoció nuevas amigas en la Aldea Campesina. En ese tiempo había actividades para cada generación. En el flamante salón comunitario se hacían festejos por fiestas patrias, aniversarios, concursos, ferias. Cualquier excusa era buena para que la junta de vecinos y el centro de madres le diera sentido a ese nuevo barrio de familias numerosas con ganas de celebrar.

La Alianza para el Progreso planteaba un modelo de desarrollo en el que las familias recibían tierra y disponían de actividades variadas: aquellos ciudadanos invitados al sueño americano debían además gozar de su tiempo. A Nadia le gustó la danza española. Tenía quince años, el cuerpo se le transformaba y sumaba curvas; dejaba de ser una niña feroz para ensayar los pasos de un baile exótico y sensual. Alba le dio permiso, pudo ir a las clases. Su padre le dio el dinero para que una modista cosiera el traje de bailaora flamenca, consiguieron unos zapatos prestados y todo estaba listo para un debut estelar en el escenario de la aldea. Solo que en el ensayo general se torció el pie. El dolor la arrodilló, el esguince le hinchó el tobillo y tuvo que volver a su casa cojeando. Uno de sus hermanos la abrazaba y consolaba sus lágrimas.

68

Más de mil setecientos años después de Plinio el Viejo, un sueco nacido en Rashult de una familia sin propiedades creó la taxonomía que hasta hoy ordena la vida conocida del planeta. Carlos Linneo era el hijo de un pastor luterano que dedicaba sus días a la jardinería en ese clima de fríos árticos donde lograr una rosa es ganar una guerra. Leer sobre Linneo tranquiliza mi conciencia de jardinero amateur cuando ni las teorías filosóficas ineludibles logran sosegar esta novedad que soy para mí mismo. Le envío una foto de mis humildes plantas a un amigo que se fue del país mucho antes de la pandemia y que tuvo alrededor de una mansión centenaria en el Tigre un jardín diseñado por un paisajista famoso. Me contesta: ese nuevo hobby de todo el mundo.

69

Nadia tenía trece años cuando el Club de Leones le regaló sus primeras gafas con aumento. Tenía trece años cuando al caminar por la calle Caupolicán sus ojos vieron que una piedra estaba separada de otra. Vio luego que las ramas tenían hojas. Supo la hora que marcaba un reloj antiguo en la torre de la iglesia. Percibió que las nubes no eran una sola. Los frutos mostraban detalles impensados en sus cáscaras. Las caras de las personas tenían marcas. Las narices eran definitorias de los rostros. Los ojos achinados eran los de su familia. Los ojos grandes le gustarían siempre. Los pétalos de las rosas se separaban entre sí besándose delicadamente. La luna tenía un contorno preciso.

El primer beso de Nadia llegó en la ladera que va del pueblo a la aldea. La hermana pequeña de Alba era apenas dos años mayor que ella, eran tía y sobrina pero se habían criado juntas en el campo, compañeras de juegos, de cosechas, compinches para sortear los controles de la abuela Arcelia y de Alba al mismo tiempo. De novia la otra con un muchacho de Vista Hermosa, le presentó a un chico que había preguntado por ella. Era lindo, alto, tenía los ojos claros, esa debilidad por los ojos claros. Conquistó a Nadia con la mirada y con la persistencia.

Iba a buscarla al liceo y la acompañaba hasta que comenzaba la cuesta de la virgencita. Un día quiso caminar con ella más arriba, llevarla hasta que la subida daba la vuelta. Ella temía que en su casa supieran que se atrevía a tener un pololo. Aceptó que avanzaran hasta antes de que comenzara la pampa de la feria ganadera. Cuando casi llegaban, él quiso más besos y después de los besos tocarla y la mano trepar bajo el delantal, bajo la falda. Ella intentó deshacerse del abrazo pero él opuso su fuerza. Pasaba un camión de la feria cargado de animales y ella aprovechó para gritar pidiendo ayuda, por favor ayuda. Los trabajadores de la feria ganadera frenaron y retrocedieron. El muchacho corrió cuesta abajo.

Esa noche Nadia escribió una carta en la que le decía al chico que se había desilusionado, que ella quería llegar virgen al matrimonio, que él se había propasado, que no quería más su cariño. La guardó en el bolsillo del delantal del liceo. Al día siguiente la carta no estaba. Alba era de revisarlo todo. Seguramente ella o uno de sus hermanos la había encontrado. Nadie dijo nada. Nadia volvió de la escuela y no hubo comentarios. El domingo a la mañana hacía el aseo con un chancho, esos lustradores de pisos de madera hechos de hierro pesado. Pasándolo por el comedor golpeó sin querer una chuica llena de chicha que Elías había reservado para su domingo libre.

Elías escuchó el accidente desde la cama y se levantó furioso. Así que se quieren propasar contigo, y sonó el primer combo. Así que tienes macho, y el segundo puñetazo en la cara y en las gafas. Los cristales se partieron en pedazos. En segundos Nadia dejaba de ver la distancia entre las piedras, la cara de rabia de su padre, la angustia de sus hermanos, que observaban la escena inmóviles y mudos. Alba la llevó a ver al oculista y Nadia pidió en el Club de Leones que le regalaran otro par de lentes porque se le habían caído en la cuesta y un auto los había pisado haciéndolos trizas.

70

Cayo Plinio, conocido como Plinio el Viejo, se apasionó por las plantas en el jardín de un general que ostentaba uno de los más hermosos y organizados de la Roma antigua, Antonio Cástor. Al tiempo que aprendía de guerra, filosofía y a administrar el imperio del que llegó a ser procurador, Plinio escribió *Historia naturae*. Para quien inicia su jardín el camino lleva a uno de los treinta y seis libros que sobrevivieron, el número veintiuno: *Tratado de la naturaleza de las flores y las guirnaldas.* Con información de sus propias observaciones, pero alimentado por sesenta y cuatro autores a los que cita en el capítulo, entre otros el propio Teofrasto, Plinio versa sobre el origen de las coronas de flores que fascinaban a los altos jefes romanos, el arte de hacerlas, las combinaciones entre hojas verdes, las plantas medicinales y el carácter de estas, una por una, desde el jacinto y el gladiolo hasta las violetas y los juncos. Plinio se obsesiona con el olor de los iris, de los lirios, pero sobre todo con las rosas. Las rosas son más fragantes si se cosechan en tiempo sereno.

71

Nadia todavía no terminaba la escuela media cuando a Elías le llegó el dato del sindicato. El Estado chileno necesitaba jóvenes dispuestas a formarse como auxiliares de enfermería durante un año lectivo en la capital más cercana, Valdivia. Había que inscribirse, buscar dónde vivir y tomar por primera vez el bus a la ciudad. Eran ochenta kilómetros a dos horas y media por los caminos quebrados y apenas reconstruidos después del terremoto. La ciudad se levantaba de su ruina luego del tsunami, los suelos deprimidos ante el avance de las aguas cuando el maremoto entró al continente, abrió los ríos y dejó que zonas completas se convirtieran en islas y otras en lagunas.

Nadia no le temió a la ciudad. Llegó a la casa de una señora que le dio pensión y la cuidó sin reproches ni castigos. Por primera vez vivió tranquila. Entró al hospital general y se perdió en sus pasillos y pabellones. Pronto reconoció sus secretos, salas, especialidades, el camino, las calles, los rincones del edificio y se fascinó con su uniforme blanco impecable, el olor a alcohol etílico y la desinfección. Aprendió a curar heridas, a poner catéteres, a entubar, a colocar inyecciones intravenosas, a leer estudios médicos, a calmar el dolor de las llagas, a bañar a los moribundos.

Nadia se recibió de auxiliar de enfermería con honores. Ingresó al hospital y siguió viviendo en la casa de la aldea. Trabajó sin pausa pero durante los primeros diez meses el Estado no pagó el salario de las nuevas auxiliares que había incorporado al sistema de salud en todo el país. Hizo malabares para soportar ese tiempo hasta que el día anhelado llegó. Recibió su dinero en un solo pago. De pronto tuvo más de lo que jamás había imaginado. Invirtió en la casa y en su familia. Compró ropa nueva para todos en cantidades. Viajó a la ciudad más cercana a elegir el menaje. Al fin podría invitar a sus nuevas amigas. Los primeros sillones, el primer juego de loza y cubiertos de mesa completo, una lámpara de acrílico moderna, sábanas, colchas, pintura, una renovación que los puso a tono con las casas más bonitas de la aldea.

72

Linneo debía ser pastor como su padre y estudiar teología para encumbrar a su familia en un mundo de reyes y reinas, de condes y baronesas en el que la religión era uno de los pocos modos de ascenso social. La flora resultaba para Linneo la idea misma de Dios: su acercamiento cada vez más obsesionado a las plantas, su inquietud reverberante por conocer las especies que crecían más allá de su ciudad, en otros rincones de Suecia primero, en el resto del mundo después, no eran más que la interior necesidad de conocer a ese Dios que todo lo habita, que todo lo creó. No podía imaginar Linneo como botánico aprendiz que su camino sería tan largo y poderoso como para poner en crisis, en los pasos previos a Charles Darwin, la idea misma de creación. Sentado ante su maestro de botánica en Upsala, Linneo prometió a su padre ser médico: la medicina lo acercaría a su mundo ideal porque entonces, en 1727, era la única ciencia que se ocupaba del mundo vegetal, la esencia de cualquier medicina para sanar la enfermedad.

Tampoco calculó Linneo las consecuencias que tendría basarse en la observación de la sexualidad de la flor con ese instrumento que cambiaría la historia de la ciencia: el microscopio, creado en 1590. Ya en 1670, Nehemiah Grew había demostrado que el polen podía fertilizar los estambres. Seis años después se demostró que el polen viajaba de los pistilos a los óvulos y allí se generaba la reproducción. Y a finales del siglo Camerarius daba por hecho el ciclo completo de la reproducción sexual de las plantas. Linneo puso sus ojos en el proceso y describió con detalles el modo en que se las podría clasificar por el número de estambres y pistilos. Le llovieron las críticas por vulgar, morboso, pecador. Que hablara de flores hermafroditas o poligámicas era demasiado para la época.

73

Pedro era el joven más guapo de la aldea. Se pusieron de novios a los dos meses de que ella comenzó a trabajar en el hospital. Pedro se hizo querer por sus cuñados, por sus suegros y se fue instalando en la familia como un personaje afectuoso. En el campo le decían «el Treile». Lo habían bautizado con el nombre de ese pájaro que anuncia la lluvia. De pecho gris y penacho, patas flacas, pico corto y ojos rojos, los campesinos lo quieren porque se comporta como un guardián y anuncia la llegada de extraños: si un zorro avanza hacia el gallinero, el treile repite tregül, tregül, tregül, que en mapudungún suena como una alarma para humanos y no humanos. En la familia suelen ponerles sobrenombres de animales a los varones. También hay un tordo, una vaca flaca, un chancho, una gallina, un toro y un gato.

El Treile podía ser un galán encantador o uno del montón, afecto a las malas juntas y entusiasmado por el trago. Cuando se está de novio la enamorada no se da cuenta de lo obvio: a veces llegaba borracho a hacerle la visita a Nadia, o la

dejaba plantada en un compromiso social porque
se había quedado de amanecida en alguna fiesta
de sus parientes, una familia afecta a las grandes
ocasiones. La fiesta de San Juan, el cumpleaños de
Bautista cada 24 de junio, era una bacanal de tres
días.

74

La impresionante clasificación botánica comenzó con las hierbas y plantas recolectadas por Linneo después de su travesía a Laponia. Enamorado de los musgos y los líquenes y de una rastrera y perenne flor que descubrió en tierras sami, no pararía de acumular especies en su herbario mientras se mudaba para doctorarse en los Países Bajos. Allí su nombre resonó entre los botánicos más prominentes del momento. Ser botánico era una manera única e importante de estar en el mundo, un modo de coleccionismo que no tenía límites, extensible a todos los puntos del planeta donde el invasor pisaba hacía poco, una manera de habitar las colonias anexadas hacía dos siglos a las potencias europeas y aún desconocidas. La dalia mexicana fue nombrada *acocoxochitl* por los botánicos de Tenochtitlán cinco siglos antes que un abate español la rebautizara *Dahlia pinnata* en honor a Anders Dahl, uno de los alumnos de Linneo. En su afán clasificatorio Linneo les puso nombre a más de doce mil especies de plantas y animales, comenzando por nosotros mismos. Linneo nos llamó *Homo sapiens*.

Helga se oponía a la relación de Pedro con Nadia. Y apoyaba a una rival que contaba con su aprobación: la Nadia de Valdivia. Era una chica con el mismo nombre que la novia oficial, de la ciudad, hija de un matrimonio con una pequeña fortuna que la volvía una candidata mejor a los ojos de Helga. La Nadia de Valdivia fue tema de chanzas y reproches irónicos, el pilar de una escena de celos repetida cada tanto, un chiste que al comienzo el niño no entendía pero que se volvió claro: antes de su madre hubo otra.

La abuela Helga era la artesana de una traición que siempre estaba cerca tentando a su padre, dispuesta, ofertada como una fruta a la que le han sacado brillo. La copucha llegó a los oídos de Nadia: en un San Juan los de Valdivia fueron invitados especialmente y Pedro se encerró en el auto de la visita con la otra Nadia. Una de las hermanas les dio una frazada para que pasaran allí la noche, la facilitación total de la traición. La otra salió de la escena con un collar de marcas en el cuello y por el escándalo de los chupones la obligaron a una revisión médica. Al parecer la idea era cobrarle al incauto la ofensa a la doncella como se hacía en los pueblos del sur ante casos de violación en tiempos no tan lejanos. Los jueces ante una acusación de abuso resolvían obligar al ofensor a casarse con la víctima.

A ojos de Nadia esa mujer pudo haberse quedado con Pedro y ella haber tenido otra vida, una vida quizás menos azarosa porque no hubiera tenido que huir de Chile, no hubiera tenido que dejar su trabajo y por lo tanto no hubiera entrado en la depresión devastadora que estallaría en la soledad del exilio. Quizás si Helga hubiera triunfado ni el niño ni sus hermanos hubieran nacido. Pero el niño ya no piensa que no hubiera existido si el padre hubiera sido otro. Piensa que no hubiera nacido si su madre no lo paría. Del mismo modo que en una flor los óvulos pueden ser fecundados por el polen de otra especie generando hibrideces infinitas. El cordón ata a la madre.

76

En la vida de alguien como Linneo todo ocurría a una velocidad increíble. A los veintiocho años se recibió de doctor con una tesis sobre la malaria, se volvió el protegido de los grandes botánicos de Holanda y se fascinó con la figura de un obsesivo como él pero con los peces, el ictiólogo Peter Artedi. Una noche de borrachera se juraron lealtad y se prometieron la publicación de sus investigaciones si algo les pasaba. A los pocos meses Peter murió ahogado en un canal de Amsterdam y su clasificación se sumó al voluminoso *Systema naturae*, donde Linneo ensaya la famosa y eterna *nomenclatura binomial*: todo ser vivo puede ser nombrado en dos palabras en latín seguidas de una letra que es una firma de autor, designa al taxónomo que la ha bautizado. Usemos como ejemplo su planta preferida, la *Linnaea borealis L.* Esa L es su rúbrica en el mundo.

El sistema sexual sería en el futuro el lenguaje de los botánicos. Linneo crea con su sistema de clasificación en reinos, clases, órdenes, familias, géneros y especies, una disciplina y un método que permitirá representar, transportar y apropiar-se de los objetos naturales a los científicos euro-peos. Con su aparente objetividad inocente, la sistematización de la naturaleza coincide con las primeras exploraciones científicas al interior de Sudamérica y juntas crean lo que Mary Louise Pratt llama, en su libro *Ojos imperiales*, nueva con-ciencia planetaria. Según esta conciencia inaugu-ral basada en una práctica benigna y abstracta como la nomenclatura linneana se consolida la autoridad europea global. El relato de los viajeros exploradores que manda Linneo al mundo entero y su método legitiman la autoridad burguesa y deslegitiman de allí en más el conocimiento y la práctica de la vida campesina en América y en la propia Europa.

Al pueblo llegaron casi juntas la moda de los colores pastel y los cantantes de la nueva ola. Tu cariño se me va, se me va, como el agua entre los dedos cantaba Buddy Richard y los salones se prendían con el movimiento de todas esas chicas de mini y peinados altos exagerando el tamaño de sus cabezas. Noche, playa, brisa, pena; las olas al chocar parecen murmurar la canción que nunca calla, canta Cecilia con su pelo corto como Liza Minnelli y un enterizo plateado que la vuelve insuperable en el escenario del Festival de Viña del Mar. Nadia viste con modelos que copia de las revistas y combina sus atuendos sacándoles provecho a su cintura y a unas piernas perfectas heredadas de Alba.

Con Pedro dan vueltas por el pueblo en un auto del novio de su nueva compañera del hospital. Con otras auxiliares de enfermería y sus pololos arman un grupo al que le gusta el twist. En el punto máximo de la noche brillan y junto a ellas se distingue por su trepidante modo de temblar una mujer flaca y bella que suele terminar la velada cuando se saca el taco y quiere partirle la cabeza a su acompañante por atrevido. Le dicen «la Muñeca del Diablo». El pueblo está lleno de esos personajes de frontera. A Nadia y sus amigas les confirman que están en el camino, justo cuando el mundo parece que cambiará, cuando las revoluciones estallan por todos lados y Chile se encamina a su periodo más justo y a su destino más trágico.

78

Aquel verano, el joven Linneo se codeó primero con un tal Gronovius. Impresionado por el sistema creado terminó convenciendo a un escocés de financiar la publicación del grueso tomo de *Systema naturae*. También le presentó a Herman Boerhaave, científico sesentón que sin grandes descubrimientos gozaba de prestigio por haber separado la sal de la orina creando la urea, el mismo mineral que me recomienda Antonio para fertilizar nuestro jardín incipiente. Herman le presentó a un botánico de su edad, Johannes Burman. Fascinado con el conocimiento de Linneo, su nuevo amigo lo invitó a vivir con él, le financió la publicación de dos libros más y a cambio recibió su asesoría para avanzar con su investigación del momento.

Entre abril y agosto se habían vuelto inseparables y en el afán de relacionarlo con la alcurnia local buscando mecenas, Johannes lo llevó a la mansión de campo del millonario George Clifford III, hijo de una familia de banqueros ingleses y uno de los directores de la Compañía Holandesa de las Indias Orientales, un pasaporte a la biología de los confines. El padre de George había comprado Harte-camp como lugar de fin de semana en las afueras de Amsterdam, rodeada de un jardín botánico que tenía además un zoológico con animales traídos de otros continentes —había monos que serían estudiados de cerca por Linneo— y cuatro viveros con especies de las colonias.

En el living de la casa, el potentado le propuso a su invitado que aceptara convertirse en el médico de su familia y el curador de su jardín a cambio de disponer de todos los recursos para comprar libros, plantas y hacer viajes. El trabajo además le permitiría usar su método para clasificar las novecientas especies que contenía Hartecamp. Linneo ya había aceptado la invitación de su amigo, por lo que se negó amablemente, pero Clifford sacó una carta de su manga millonaria para conformar el ego herido de su huésped: a cambio del desaire le ofreció a Burman un libro raro y apreciado entre los fanáticos de la botánica, la *Historia natural de Jamaica*, de Sir Hans Sloane. Sloane había acompañado al gobernador inglés de Jamaica como su médico y había regresado con una suma cuantiosa de plantas e ilustraciones que luego publicó agotando todo lo editado. Tal fue su colección que al morir años más tarde con base en sus miles de invertebrados, pájaros, huevos, conchas, vertebrados y plantas se creó el British Museum y el Museo de Historia Natural de Londres.

79

El noviazgo atravesó las crisis que causaba el fantasma de la otra, los patinazos de Pedro cuando se iba con sus amigos de juerga, el mal humor de Nadia, el tedio, los celos. Como los mejores amores de juventud, se afianzó con el tiempo. Después de cinco años la idea del casamiento se acercaba. Habían inventado un modo de burlar el control familiar y escapaban a un hotel de Valdivia lejos del chismorreo pueblerino. Nadia tenía una amiga en el hospital que la cubría en una guardia de veinticuatro horas y de ese modo no había escándalo. Hasta que uno de los hermanos supo que ella había faltado al trabajo y la delató ante Elías. Ella le recriminó lo copuchento y desleal. Él le tiró por la cabeza un reloj. Elías la hizo callar de una bofetada.

Nadia era mayor de edad y una enfermera respetada que colaboraba para mantener la casa, vestía a sus hermanos menores en la tienda de la esquina de la plaza, donde tenía cuenta abierta para ellos, ayudaba con la compra de la leña para todo el invierno, vivía pendiente de lo que su madre necesitara. Gritó pidiendo que intercediera por ella. Alba consideró que le faltaba el respeto a Elías: no permitas que esta muchacha te pase por encima, dale otra si te sigue contestando, le dijo. Elías se cebó. Habían pasado algunos años desde el día que le quebró las gafas.

Pedro llegó a la casa de la aldea. Ella se había encerrado en su cuarto. Desde su cama escuchó que Alba y Elías lo sentaron en el living, en los sillones que ella había comprado. Pensó que su padre se quejaría por su rebeldía de siempre. Así le decían, rebelde. Por rebelde le gritaban, por rebelde le pegaban. Antes de que él pudiera abrazarla, sus padres lo atajaron, y cuando estuvo sentado la voz de Alba se disparó antes que la de Elías: mira, Pedro, tú eres un buen cabro, lo mejor que te puedo aconsejar es que no te cases con esta muchacha porque ella será lo peor que pueda pasarte, siempre será una rebelde.

Todo se escucha en las casas del sur, todo va de una habitación a otra: una exhalación es un jadeo, un grito un volcán en erupción, un golpe un terremoto, una madre que no le desea el bien a su hija un disparo a quemarropa.

80

George Clifford abrió las puertas de sus barcos a los enviados de Linneo que quisieran recorrer el globo en busca del conocimiento para construir su gran obra. Los llamaron «los diecisiete apóstoles». Eran jóvenes botánicos que se habían iniciado con él en la universidad y ambicionaban quedar en la historia por su participación en el experimento: mapear los confines para nombrar el mundo y darle un orden a la vida existente. Linneo organizó su tropa y la envió en misiones a todos los rincones del planeta. De allí, salvando el pellejo por suerte, enfermos, agotados, regresaban con libracos enormes llenos de muestras de hojas, tallos, flores, todo tipo de evidencia de lo exótico para felicidad del maestro: la ambición de Linneo era poseer la naturaleza y nombrarla para trascender.

El descubrimiento es instrumento de apropiación. La naturaleza salvaje despreciada por los habitantes de las metrópolis es ordenada con los nombres en latín e ilustrada por artistas dotados para que su observación sea un placer. Los exploradores serán, como los apóstoles de Linneo, o luego como los enviados de los reyes, financiados siempre por la aristocracia o por el Estado. A ellos les rendirá cuentas porque el descubrimiento y el bautizo de lo relevado serán claves en la explotación de la riqueza de las colonias.

81

Nadia y Pedro en un restaurante del centro
del pueblo deciden apurar la boda, casarse sin una
gran fiesta. Era octubre; a las pocas semanas, los
primeros días de noviembre, hubo boda. Del festejo queda una fotografía en blanco y negro en el
casino del Club Alemán: un salón de paredes altas, una mesa de mantel blanco, y ellos dos en el
centro con los padrinos, Alba y Elías, dos hermanos de Pedro, su padre. Ella tiene el pelo corto
peinado con spray, muy cuidado. No esboza una
sonrisa.

Su suegro la había abordado en medio del almuerzo para reclamarle que era una engreída, que
no lo saludaba, que no los respetaba. Siempre
pensó: era la mesa de su boda, cómo hacerle eso.
Se tuvo que casar con un vestido corto; no hubo
vals, ni gran torta, ni entrada triunfal a la iglesia
con todas sus amigas del hospital mirando su vestido, no hubo arroz ni hubo niños entregando los
anillos. Se casó como si hubiera estado embarazada, de apuro. En su boda sonaron Los Ángeles
Negros —quizás *Volveré*, quizás *Ay amor*— al co-

mienzo, y *Tu cariño se me va*, después de la comida. El novio se emborrachó hasta tambalear. Cuando dejaron el salón del Club Alemán los pocos invitados le gritaban: ¡sujeta a tu marido, mujer!

82

Las hormigas que dejaron sin flores a los jazmines trepan por ahora tímidamente en el alambrado. El pulgón blanco se dedicó a mis rosales. Todo cultivador de rosas lo sabe, en esta época es necesario un producto natural que venden los japoneses, no contamina pero previene su llegada. Salgo en su búsqueda. Lo consigo. Pronto me doy cuenta de que es inútil. No mata el bicho, solo impide que se reproduzca. Si quiero eliminarlo debo recurrir al veneno común, y eso sería transgredir la lógica orgánica imperante. La única alternativa es limpiar hoja por hoja del rosal. Clavarme las espinas las veces que sea necesario porque aún no tengo guantes para la tarea y luego prevenir. Lo hago sin quejarme. Acaricio los rosales en mi jardín antes de que llueva.

83

Nadia quería ser madre, pero su deseo de criar era débil. Se ocupaba del cuidado de otros en el hospital siempre que no fueran niños: le rogaba al doctor Knopel que no la asignaran a pediatría. Temía al parto. El recuerdo de los mellizos, las noches de gritos y sufrimiento de su madre le producían mareos y arcadas. Sus noches eran plácidas. Despertaba a veces a la madrugada con un antojo particular: una caña de vino blanco frío. Pedro solía descender las escaleras hacia el bar de hombres que había justo a esa altura de la calle Prat. Subía despacio con el vaso lleno para que no se derramara. Ella se sentaba en la cama y se lo tomaba al seco con el placer de quien calma una sed mezquina.

A los siete meses de gestación Nadia sintió el dolor de unas contracciones prematuras. Los médicos decidieron que debía continuar con su embarazo en reposo y en el hospital, donde la cuidarían sus amigas. En ese ambiente el temor desapareció. Fueron los dos meses más tranquilos. Sería la madre de un niño que sentía en paz: no habría sufrimiento en su experiencia materna, nada podía fallar en ese camino de plenitud que era saberse madre y cuidada. Como si un misticismo súbito la hubiera poseído Nadia esperó el parto en un contemplativo desapego. Por la ventana de su habitación veía un castaño, un pequeño bosque de raulíes y mañíos a lo lejos, después de la pampa verde que desciende desde el pueblo hacia el río.

Cerca del día señalado por su obstetra tuvo una certeza, su hijo nacería sin dolor. Les dijo a sus compañeras: preparen la ropa de mi guagüita porque va a nacer esta noche. Nadie le creyó. A la una de la mañana la cabeza del niño asomaba y ella no gritaba por las contracciones. No hubo desgarros, no hubo intervenciones.

84

Sembramos tarde. Deberemos esperar por el florecimiento de nuestros bulbos más allá de octubre. Los plantines que trajimos de los viveros toman la delantera y las gazanias estallan juntas en una mata que protagoniza el jardín dándonos un adelanto del verano y la ilusión de que ese rectángulo arbitrario y cercado florecerá. El anaranjado veteado por amarillo de estas parientes de las margaritas se esconde con el atardecer y se oculta con la noche para volver a abrirse con el sol de la mañana. No tienen la turgencia de las margaritas de Alba, no crecen enhiestas y se mecen con la brisa; sus tallos son blandos y se empujan entre ellos desordenados. Africanas de origen, su nombre fue elegido por un botánico alemán contemporáneo de Linneo que les puso gazania en honor a Teodoro Gaza, el erudito italiano que tradujo la obra de Teofrasto del griego al latín. En las flores la historia emerge más allá de la forma, como en cada sujeto a veces no hay modo de relacionar el carácter con el trauma, la sonrisa con la historia de vida, el temple con la desesperación infantil.

85

Se habían instalado en el primer piso de una vieja casona de madera a pocas cuadras del hospital. Las guardias de veinticuatro horas obligaron a Nadia a dejar a su guagua al cuidado de una empleada cama adentro. Con María Valencia el niño aprendió a caminar a los nueve meses y a los once comenzó a hablar como un ser de otra edad. Al año le dijo mamá a María. Nadia le pegó para que la llamara madre.

El niño enfermó: vómitos, diarrea y una fiebre preocupante. A la semana de comenzados los síntomas su debilidad era tal que fue hospitalizado en el edificio donde trabajaba su madre. El niño no lloraba. Se sumía en una languidez silenciosa. En pensionado, el lugar de las familias prósperas del pueblo, el niño era el hijo de una compañera de trabajo querida. Los tratamientos no hacían efecto. Dejó de comer, perdió peso. Le inyectaron suero. Le diagnosticaron meningitis. Con el paso de los días, cuando ya no lograban sacarlo de esa pendiente, tuvieron que hacerle transfusiones: le sacaban sangre a su padre y tibia se la inyectaban a él. Luego le inocularon plasma. Al final se había olvidado de caminar y de hablar.

Al comenzar con los síntomas, una indigestión normal, los abuelos fueron de vacaciones por primera vez a Santiago. Elías pasaba por el mejor momento de su sindicato: eran trabajadores con nuevos derechos. En algún momento de la internación, los médicos dijeron que no sabían si habría remedio y sus padres decidieron llamarlos para que regresaran a verlo: creían que podía morir. Cuando entraron a la habitación, se quedó mirándolos durante un instante aún consciente y se dio la vuelta en la cama dándoles la espalda.

La enfermedad no provenía de una bacteria que había llegado por su madre desde ese mismo hospital. No era meningitis, como creyeron algunos médicos. Como nadie daba respuestas y ningún tratamiento funcionaba Nadia escuchó a Alba y otras mujeres de la aldea. Tenía que llevarlo a una meica. La mejor estaba en Valdivia. Le decían «la Señora Curvana». Era imposible confesarles a los doctores que lo llevarían a una curandera, un desprestigio inmediato se ceriría sobre esa auxiliar exitosa. En un pueblo rodeado de comunidades mapuche que a un niño moribundo lo encomendaran a las medicinas ancestrales era una provocación al progreso y la cien-

159

cia. Nadia mintió: acordó una interconsulta al hospital de Valdivia donde había estudiado y aprovechó ese viaje para llevarlo en secreto a la meica.

La Señora Curvana se enojó al verlo: cómo lo llevaban en ese estado, no sabía si podía hacer algo a esas alturas. Preparó una agüita de hierbas pero no para que la tomara, porque todo lo vomitaba, sino para un lavaje estomacal. A la mañana siguiente debía despedir el contenido de esa infección que había nacido y crecido en él, que nadie le había contagiado. Le dio a Nadia un frasco para que repitiera la operación por la noche. Ella simuló en el hospital que tenía renovadas esperanzas por la consulta médica con los especialistas valdivianos. Pero al día siguiente el pañal estaba seco. Curvana y sus poderes de la tierra no habían hecho efecto.

Nadia fue a la casa a tomar un baño y a dormir. Soñó que su hijo moría. Regresó al hospital llorando por la calle Prat. Subió al pensionado, un murmullo insistente le llamó la atención. Las madres de otros niños, los niños ricos del pueblo, rociaban desodorante de ambiente, una siutiquería que se conseguía hacía poco en la farmacia del pueblo, para tapar el olor nauseabundo que lo invadía todo. Lo encontró sentado en la cama. Masticaba una galleta de agua. Había despedido una mezcla de semillas, granos, piedras y papel. Durante las guardias de Nadia en el hospital había comido del piso, de los rincones, de la tierra, todo aquello que no debía tragar. Nadia dijo: la culpa es de la María Valencia.

86

Alexander von Humboldt se liberó de toda atadura el día que su madre murió. Tenía veintisiete años, había estudiado en la Escuela de Minas solo para lograr un trabajo en el imperio prusiano que le permitiera la exploración más allá de Berlín, adentrarse en la naturaleza de alguna forma. Desde su primer viaje por el Rin hacia Londres había fantaseado con tomar un barco que lo sacara de Europa y lo llevara donde los apóstoles de Linneo habían ido. Él y su hermano recibieron la noticia lejos de la ciudad donde hacía meses el cáncer la consumía.

El padre había muerto cuando Humboldt tenía nueve años. Su madre cayó en una melancolía que la volvió más fría y distante. Dejó a sus hijos al cuidado de nodrizas y de un ejército de profesores del más alto nivel para impulsarlos al estudio de idiomas, filosofía y literatura. Eran herederos de una fortuna, cercanos al monarca, tenían un destino de poder y riqueza asegurado. Alexander soñaba con más: conocer el mundo, indagar en las claves que lo mantenían en movimiento perpetuo, descubrir las preguntas que lo harían más interesante, más misterioso, más inabarcable. Humboldt no le temía a la incerteza, vivía tras ella como quien persigue una luz que se desvanece pero jamás se agota.

87

La Aldea Campesina quedaba en el otro extremo, antes de que el pueblo comenzara, a media hora de caminata, bajando y subiendo cuestas. Los tíos solían llevar al niño de un lugar a otro, trepado a sus hombros. Desde esa altura veía pasar a sus vecinos, las carretas tiradas por caballos que venían del campo a dejar la producción, los pocos autos que tronaban en esas calles tranquilas.

Solía pedir que sus padres le permitieran ir a dormir a la casa de la aldea. Luego no podía evitar extrañar a mamá, su cama, su propia casa. Lloraba hasta que su tío preferido lo subía a sus hombros y en plena noche tomaba la carretera, bajaba la cuesta de la virgencita y avanzaba hacia el puente. En sus hombros podía ver el pueblo dormido, el río, la plaza y finalmente la casona alemana donde su madre dormía. Todos queremos y necesitamos a una madre posible; deseamos el abrazo de una sola mujer y ninguna otra en el mundo.

88

El cultivo de rosas suena en boca de los jardineros como un beso extraviado en una noche de alcohol: improbable, esquivo, azaroso. La más clásica de todas las flores es frágil, su derrotero está lleno de peligros que acechan. Con las tres plantas elegidas del vivero de Rosita emprendo la más dura de mis luchas. Las dalias, no todas, pero las que sí con la fuerza de un géiser asoman de la tierra ya deshaciéndose de los palos con los que las protegí. Los gladiolos son como juncos que superan los veinte centímetros, imparables. Las rosas mienten. Nacen de ellas unos pimpollos prometedores, que en algunos casos serán flores abiertas y expansivas pero en otros se quedarán en sus límites hasta secarse sin estallar.

89

Casada, madre de su primer hijo, Nadia convenció a Pedro de que estudiara. Pedro había hecho el servicio militar y en el regimiento le había tocado especializarse en electricidad. En esa lógica de transistores, energía, cálculos y herramientas Pedro sintió que no tenía límites. A unos mil kilómetros, a lo largo de un año, Pedro estudió en el Instituto Franco Chileno de Santiago. El curso de instalador eléctrico profesional le dio no solo las capacidades de alguien que podría planificar, diseñar y realizar el tendido eléctrico de casas, talleres o fábricas, sino la firma oficial para autorizar ese trabajo ante el Estado. En cualquier otro lugar esto hubiera sido un simple nivel terciario con acceso a empleos básicos. En el sur de Chile, donde las casas y casi todo es de madera seca, proclive a incendios con un mínimo chisporroteo eléctrico, esto era fundamental. Pedro se recibió con las mejores notas y volvió al pueblo sabiendo que nunca le faltaría el trabajo.

Durante ese año, la vida se volvió turbulenta. Nadia hacía turnos largos en el hospital, tomaba más horas extras de las habituales para seguir ayudando a sus hermanos y a sus padres, pagar a María Valencia, el estudio y la vivienda de Pedro en Santiago, los viajes a visitarlo. En esas incursiones, el niño aprendió a no angustiarse por los imprevistos, a soportar la espera, la muchedumbre, el hastío, el mal dormir.

En el segundo viaje, el país ya estaba atravesado por conflictos. Las vías del ferrocarril austral habían sido saboteadas, no quedaba más remedio que viajar en una hilera de buses hacia la capital. Tres días demoraban; a veces había que cambiar de vehículo, porque por la ruta pasaban los momios en unos jeeps de motores feroces tirando miguelitos, esos clavos doblados para reventar neumáticos. El convoy de buses iba custodiado por camiones llenos de repuestos. Cada tanto había que esperar a que los hombres desarmaran y armaran todo otra vez. En uno de esos movimientos el niño perdió un tapado de lana hecho a semejanza del de su padre. Esa pérdida todavía lo persigue, suele temer que un abrigo se quede en un aeropuerto, en un avión, en un taxi, en la noche profunda. En su ropero hay uno similar. De su tamaño.

Pedro se armó de una lista de clientes importantes. Su éxito lo obligaba a vestir elegante. Encargaba los trajes y abrigos al mejor sastre del pueblo. Al niño le solían hacer algunas prendas con las mismas telas y estilo, en la misma sastrería. Pinzas, escote, sisa, canesú, largo, ancho, corte, patrón, cosido, hilván, dobladillo, pespunte, puntada. Un enterito marrón con una camisa verde agua: en su padre traje de verano, en él un pintorcito con pechera. Lo subían a un mesón en el que le tomaban medidas con un metro. El niño sabía doblar el codo para que la manga fuera perfecta, subir el mentón para el contorno de su cuello, pararse derecho para que no fallaran en el dobladillo.

90

Para planear su viaje, Humboldt se instaló en la París posrevolucionaria. Creía que desde la ciudad prometedora conseguiría rápidamente el pasaporte hacia alguna de las colonias. Al principio deseaba Oriente, pero para eso debía obtener el acuerdo de los ingleses en guerra con Napoleón. Allá donde Humboldt ponía su mirada, allá las tropas francesas dejaban plomo y sangre y anexaban territorio. Y Napoleón lo detestaba: una sola vez se vieron. Humboldt hizo correr el diálogo que tuvieron. Napoleón le dijo: mi esposa también es fanática de los jardines.

Erudito y curioso, su estampa de *enfant* atrevido, un rubio de ojos celestes con una melena de rizos despeinados y vestido a la moda, era deseada en los salones por los que se paseaba con una voz suave y una dicción más veloz que la de los propios parisinos. En ese tiempo conocería a su fiel ladero en la aventura botánica que le esperaba: Aimé Bonpland. Lo cruzó varias veces en el pasillo de la casona en la que cada uno alquilaba un cuarto. Cuando supo que era un estudiante avanzado de botánica lo volvió su amigo. No tardó en convencerlo de partir con él a las colonias apenas consiguieran un permiso real de alguno de los imperios del nuevo mundo.

91

El niño volvió a caminar. A salvo de la muerte fue mimado como un tesoro por Alba, Elías y sus tíos. Pasaba buena parte del tiempo en la aldea y se hizo amigo de unas niñas que vivían en los fondos de la casa de los abuelos. Se sumaba a sus juegos, saltaba con ellas a la soga, corría tras sus piernas más altas y se escondían entre los cultivos. Seguía sus instrucciones. El único objeto que de ellas deseaba era una muñeca, la criatura hermosa a la que él quería dormir en sus brazos. La muñeca negra de las Culipai tenía unos rizos de los que la podía agarrar para sacarla de su camita improvisada con lanas de oveja. Las señoras Culipai eran lavanderas y también hilaban a pedido. La fascinación con aquella muñeca era tal que cuando las Culipai se distraían él se la robaba. Alba lo veía correr por el sendero hacia sus faldas con la muñeca colgando de los pelos y a las hermanitas Culipai enloquecidas.

92

Los tallos de mis dalias crecen con la fuerza de los remolinos y son fecundos produciendo nuevas varas tubulares. Se llenan de hojas que tienen la forma de las albahacas pero no huelen. Son más gruesas y de un verde oscuro. A medida que crecen, rápido dejan ver el botón que promete una flor.

En el México antiguo, hacia 1430, las dalias eran las reinas de Tetzcotzinco, el jardín maravilloso encargado por Nezahualcóyotl en el que los bosques se combinaban con las flores de su imperio. Lo mismo hacía Moctezuma para embellecer los jardines de Oaxtepec y en otros que disfrutaba cuando quería calma o inspiración repartidos en distintos puntos de Tenochtitlán. Los pueblos nahuas asumían a las plantas como sujetos vivientes capaces de curar el cuerpo y embellecer el espíritu a través de la poesía y con ella conectar con un todo universal. Nezahualcóyotl fue un guerrero digno de una elegía. De él sobrevivieron sus historias y algunos poemas insignes y hermosos.

¿Con qué he de irme?
¿Nada dejaré en pos de mí sobre la tierra?
¿Cómo ha de actuar mi corazón?
¿Acaso en vano venimos a vivir,
a brotar sobre la tierra?
Dejemos al menos flores
Dejemos al menos cantos

La expresión en náhuatl que designa la poesía es *in xochitl in cuicatl*: flor y canto. La poesía náhuatl reflexiona sobre los hechos más profundos de la vida sin pretender responder preguntas ni llegar a certezas. Solo está claro para estos poetas que la belleza comienza en la maravilla de las flores, tan hermosas como finitas, en las que siempre veremos el misterio que no puede ser resuelto, el inclemente paso del tiempo y la muerte inexorable. La elite cultural prehispánica escribía reiterando la palabra *flor* en uno y otro poema envolviéndose en una red de sentidos enlazados por la convicción de que así como lo botánico, el lenguaje también pertenece a un todo.

93

La foto fue tomada en movimiento durante uno de los viajes a Santiago. El niño sonríe arriba de un caballo de madera, en un carrusel. El giro de la máquina aún es lento. Puede ver a sus padres jóvenes y bellos saludándolo unos metros más allá. Ignora que la calesita se acelerará, que pronto ya no podrá distinguirlos. El giro loco de esa máquina infernal lo dejará solo en medio de una ciudad, lejos de Alba, de los tíos, de su nana, de la seguridad de pueblo y se largará a llorar, gritará desesperado para que alguien frene ese mundo que no logra manejar a su voluntad, un nuevo mundo en el que ellos desaparecen y ya no están junto a él.

Durante aquel viaje ellos se habían divertido con un juego infantil en el que él era un niño perdido. Paseaban por los senderos del cerro Santa Lucía. Cuando él se distraía curioso por algo nuevo que llamaba su atención sus padres se escondían detrás de un árbol. Ellos disfrutaban de su desconcierto. Él desesperaba al ver que ya no estaban y los buscaba moviendo la cabeza a un lado y otro tratando de distinguirlos entre los adultos que pasaban, parecidos a ellos, pero no ellos.

94

Humboldt creyó enloquecer en París perseguido por el fantasma de su madre. Llegó a participar en ceremonias espiritistas para librarse de ella. Su matriz científica quedaba en la nada cuando se trataba de buscar cómo calmar la presencia demandante de ella. Viajar era todo lo que deseaba, alejarse de Europa y de esa mujer fría que volvía para cobrarle no sabía qué, aunque sospechaba que su deseo por la belleza masculina lo volvía débil ante la mirada de las sombras.

Alexander amaba la naturaleza y sus misterios como el cuerpo de los hombres y la compañía de sus amigos íntimos. Era enamoradizo. Sus biógrafos creen que destruyó cuidadosamente la correspondencia erótica, su vida sentimental. Aun así en algunas de las cartas publicadas aparecen sus amantes, les declara su afecto sin pudor, cariñoso como un adolescente en trance. Quizás el primero de sus amores haya sido el joven que lo acompañó en su viaje por el Rin hacia Londres, al que dijo le debía las horas más dulces de su vida. Tenía veintiún años. Le deparaban naturalistas más intensos y osados.

Humboldt quiso ir a Laponia, Grecia, Siberia, Hungría, Filipinas, Egipto. Después de años se dio cuenta de que su pasaporte debía salir del reino de España, celoso custodio de los secretos de Sudamérica, pero el único que podría subirlo a un barco hacia el nuevo mundo. Hacía tres reinados que se impulsaba la incansable tarea de botánicos como José Celestino Mutis en Nueva Granada y alrededores. Él ofrecía su experiencia en minas, podría informar sobre nuevos filones a la corona. En 1799 logró zarpar en la fragata Pizarro junto a Bonpland y cargado con cuarenta y dos instrumentos de medición: telescopio, microscopio, reloj de péndulo, brújulas, varios barómetros.

Se asentaron en Cumaná, la ciudad donde cincuenta años antes había muerto el más querido de los discípulos de Linneo: Pehr Löfling. Pehr había dejado el camino abierto para Celestino Mutis, que tras esa desgracia se volvió el elegido de Linneo para sistematizar los hallazgos instalado en Santa Fe de Bogotá. Humboldt y Bonpland, acompañados durante los próximos cinco años por el impasible José de la Cruz, a quien en sus diarios llama criado mestizo, y por varios acarreadores casi siempre indígenas de la región, bajaron por los llanos orientales hasta un valle en el que Alexander se dio cuenta de que la falta de agua en un lago se debía a que los colonos habían terminado con el bosque.

95

Apenas su nieto aprendió a caminar, Alba comenzó a llevarlo a sus reuniones ataviado como para la misa del domingo. El niño disfrutaba de los espacios de mujeres: en la peluquería frente a las revistas de moda ponía oreja en los chismes y las historias que se contaban con las cabezas reclinadas; en el salón social de la aldea era el testigo de ese mundo de pequeños relatos campesinos de señoras jóvenes. Elías no lo hubiera llevado a una asamblea del sindicato. Nada que tuviera que ver con el cuidado podía pasar en la vida de un hombre de entonces.

Animadas y frecuentes, eran convocadas por los centros de madres: Alba y todas sus amigas y vecinas. La señora Norma, la señora Blanca, la señora Elsa, la señora Marta, la señora Teresita, la señora Luisa. Madres de muchos hijos, víctimas del terremoto, nacidas en el campo y recién llegadas a la ciudad. Casi todas con huertas y vergeles, recibían talleres para mejorar el cultivo en el centro comunitario que el estado de Georgia había donado, junto a un plan de entrenamiento. Algunos todavía recuerdan a una asistente social que pasaba muy elegante por cada casa a revisar si la bonanza tocaba a aquellas familias, que a los ojos del gobierno de los Estados Unidos eran un experimento exitoso sostenido por la Alianza para el Progreso, el programa del mismo país que luego financió el golpe de Estado. El día del ataque al Palacio de la Moneda, la asistente social perdió su empleo y los aldeanos el salón y todo lo que disfrutaban reunidos.

96

El encierro por la pandemia se extiende. El campo se vuelve un oasis con sus novedades ínfimas y contundentes. Los frutales tienen seis años pero ya florecieron y ahora duraznos y ciruelas crecen y se distinguen produciendo ese efecto de color en el fondo.

En diciembre habrá un eclipse total de Sol. Los astrónomos calcularon que el mejor lugar del planeta para presenciarlo es en el sur de Chile, cerca de mi pueblo. Planeamos viajar con mi hijo. Allá nos esperan los amigos que construyeron una casa frente al lago. Hace ya dos años que no cruzamos la cordillera y este se nos antoja el motivo perfecto. Dicen que el eclipse trae un cambio de era, que todo será distinto en el mundo. Los mapuches les temen a los eclipses, se esconden cuando ocurren. El lago suele ponerse tormentoso y sacar de sí unas olas de un metro. El río acelera la correntada. Que se oscurezca el cielo de ese modo solo puede anunciar tragedias.

97

El 11 de septiembre a las 9.20, cuando Salvador Allende habló por última vez a los chilenos, Nadia y Pedro dormían en la casa de la calle Arturo Prat. El niño jugaba con un tigre de gomaespuma que le habían comprado en un circo el último fin de semana. Era martes. Pasadas las diez las fuerzas armadas apuntaban con sus ametralladoras el edificio presidencial. Uno de los hermanos de Nadia, el mismo tío que solía cruzar el pueblo con el niño en los hombros cuando le daba un ataque de llanto en la casa de los abuelos, llegó para alertarlos: van a entrar los militares. Armaron un bolso y partieron a la Aldea Campesina donde la familia comenzaba a reunirse esperando lo peor.

Ese día Elías trabajó. En la fábrica solo se escuchaba el ruido ígneo de la fundición y un silencio que parecía venir de lo profundo de todos esos hombres acostumbrados a las tallas y los gritos por sobre el rugir de la industria que los empleaba. Elías llevaba casi veinte años en su puesto, hacía poco había hecho entrar a otro de sus hijos. Los bombardeos comenzaron cerca de las once.

A esa hora los convocó el dueño de la maestranza. El golpe era un hecho, era claro que habría toque de queda, nadie podría circular por las calles, nadie sabía qué podía pasar. Elías y su hijo caminaron de regreso. No lo dudaron, a las once y cuarto se sentaron en la barra de la Madre Adana y se tomaron primero una caña de blanco; luego otra, al seco.

En la casa de la aldea Alba tuvo que sacar la olla grande para cocinar una sopa de concones. Son una especie de ñoquis de harina blanca que navegan en una sopa bien condimentada; fortalecen el espíritu, alcanza siempre para los que sean. Elías se sentó en silencio en el banco detrás de la estufa. Uno de los tíos le echaba leña al fuego. Otros jugaban a los naipes, tratando de distraerse. Antes del mediodía sabían que Allende se había enfrentado a los militares, que los aviones bombardeaban la Moneda, que no había salida. Elías ordenó juntar todo lo que podía implicarlos si allanaban la casa. Los hijos eran de distintas agrupaciones de la Unidad Popular; cada uno buscó sus panfletos, documentos, publicaciones. Alguien se acordó de que en la casa había unas balas viejas que Pedro se había robado del regimiento donde había hecho el servicio militar. Envolvieron todo en una bolsa y lo enterraron en el fondo del terreno bajo un cerezo negro.

En Santiago primero, a lo largo de Chile después, el rumor corrió de boca en boca. Eran las cuatro de la tarde, Alba conversaba con su amiga en el jardín. Un vecino pasó llorando. Le preguntaron qué le pasaba: murió Allende, dijo.

Entraron a la casa, cruzaron el comedor, dieron la noticia en la cocina. Nadia estaba en una esquina de la estufa. Embarazada de cuatro meses, esperaba a su segundo hijo. Entre Pedro y Elías la acomodaron en una cama. Cuando despertó los llantos se sentían de una casa a otra y la luz se apagaba porque el decreto militar ordenaba el encierro en todo el país. Colgaron frazadas en la ventana para oscurecer y cubrirse de los soldados que patrullaban la Aldea Campesina.

98

Humboldt, Bonpland, De la Cruz, los indígenas remadores y todos sus bártulos se internaron en el Orinoco durante semanas navegando hacia el sur a la búsqueda de un río que les habían dicho conectaba con el Amazonas. Al comienzo, el ancho curso de agua les permitía un desplazamiento manso, las orillas siempre iguales con sus palmeras y sus monos, sus aves de colores, sus flores deslumbrantes. Esa parsimonia abría en Alexander los sentidos, los agudizaba y los convertía, con el paso de los días, en una enorme sensibilidad dispuesta a experimentar el mundo como nadie lo había hecho antes. Humboldt había aprendido las claves clasificadoras de Linneo, sabía que ese era el camino de la acumulación. Pero viajaba con sus propios fondos, nadie lo controlaba, seguía su íntimo deseo; era único: su mirada mantenía la pulsión artística que compartía con su amigo Goethe. Estaba allí para reinventar la naturaleza de Sudamérica.

El hambre terciaba en su exploración y debían comer huevos de tortuga, hormigas ahumadas.

Humboldt probaba el agua de cada río y encontraba asquerosa la del Orinoco y deliciosa la del río Atabapo. Observar se vuelve un acto complejo. Las flores que colgaban de los árboles eran inasibles. Si lograban dar con una, luego el calor y la humedad las deshacían en las manos, imposible de archivar, de retener. Los pájaros eran los más extraños, cantaban invisibles. Los animales pasaban tan rápido ante ellos que ni siquiera los podían describir a tiempo. En ese primer tramo, antes de volver a Cumaná y partir a La Habana, ante los viajeros pasaron jaguares, tapires, cocodrilos, capibaras, tucanes, guacamayos, flamencos, garzas, monos aulladores, titíes, delfines, papagayos. Humboldt y Bonpland se rindieron ante lo extraordinario, lo sobrecogedor, lo impresionante.

99

Aquella primavera fue la última en tantísimos años con cierta holgura para la familia. Entre las casas rojas había algunas más rojas que otras. En la casa 37 temían por el hermano de la señora: director de una empresa estatal, logró exiliarse. En la casa de la señora Norma no se supo más de su hijo que estudiaba en Concepción. En la casa 38 tendrían peor suerte porque eran comunistas. Y a ellos no había cómo perdonarlos. Llegaron de noche y se llevaron al padre. Hacia adentro de la aldea caería un cuñado de Pedro.

En la casa 36 se esperaba un zarpazo. Nadie salió a la calle. Apenas Alba caminaba hasta la huerta a buscar con qué llenar la olla. Elías se animó a reunirse con el patrón. Y el patrón, amigo del nuevo alcalde puesto por los militares, le hizo la propuesta. Si encabezaba una comitiva en nombre de los trabajadores para visitarlo en su recién estrenado despacho de la municipalidad y felicitarlo por su nuevo puesto podía garantizarles la vida a él y a sus hijos mayores, sacarlos de la lista de quienes debían caer para dejar limpia a la Daglipulli de los nuevos tiempos. De aceptar, el empresario llevaría un buen vino, Elías, el secretario general de los metalúrgicos, una miniatura de hierro, una máquina cosechadora hecha a perfecta escala, tal como las que durante los últimos años habían vendido en todos los rincones agrarios de Chile.

Así el patrón reconocía las ganancias que le había conseguido el obrero. Como líder del sindicato, Elías había viajado a Santiago y en esas reuniones con el gobierno de Allende había negociado la compra por parte del Estado chileno de maquinaria agrícola para los campesinos que habían recibido parcelas expropiadas a los latifundistas durante la profundización de la reforma agraria.

Elías fue con la cabeza gacha a esa reunión, entregó con sus manos el obsequio al alcalde, al fin de cuentas era el hijo de aquel hombre al que le hacía brillar los zapatos cuando era un niño lustrabotas, el mismo al que le había ganado la chanza corriendo entre los árboles de la plaza.

100

Diciembre es una fiesta. Todo ha florecido de pronto, hasta los difíciles gladiolos que permanecen abiertos sin decaer ante el rayo del sol. En naranja y blanco son una pared de colores al fondo y compiten con la turgencia voluptuosa de las dalias. Las rojas y las amarillas crean dos matas profusas adelante y es como si miraran con respeto y distancia la magnífica presencia de la dalia cactus, estallada de fucsia y pétalos en punta por miles en el corazón de mi caprichoso rectángulo. Las abejas llegan durante la mañana y se siente su zumbido; extraen néctar y se van contaminadas de polen.

Las gazanias se renuevan más allá, mientras algunas caen otras se incorporan con el naranja amarillento que las vuelve familiares de un grupo de clavelinas y de otras margaritas. Las aromáticas intercalan con el verde la mezcla arbitraria, y entre ellas la hierbabuena trepa por sobre el orégano y la albahaca, la ruda macho y el romero junto con el aroma indisimulable de verano. El viaje al eclipse de Sol ha fracasado. En Chile volvieron a fase uno. Volar sería posible, pero no nos aseguran que podremos avanzar hasta la casa en el lago porque cada pueblo tiene una situación sanitaria distinta. Algo peor: no sabemos si luego podremos regresar a casa. Es mejor desistir y asumir que cruzar la cordillera es una idea lejana.

101

Después del golpe, el hospital se volvió un lugar peligroso. Sobre los enfermeros y médicos que participaban del sindicato se puso estricta vigilancia. Las reuniones de amigos y los festejos de fin de año se suspendieron. Nadia llegó al parto de su segundo hijo en medio de una inquietud general que a ella se le volvía más angustiosa. La nana había renunciado y se había vuelto a Liquiñe, un pequeño poblado casi al límite con Argentina donde se había radicado el líder de un movimiento campesino revolucionario durante los años de Allende. Los tíos de la aldea mentían que María era la amante del Comandante Pepe.

Pepe había estudiado Agronomía y organizado a los obreros de los fundos madereros de la región, que habían conseguido expropiar y formar un complejo dirigido por ellos. Fue la verdadera experiencia socialista del gobierno de Salvador Allende. Pepe era un mito viviente. De manta, montado a un caballo blanco y con una barba al estilo del Che Guevara, había salido en la tapa de una revista de Santiago. Los militares lo persiguieron cuando intentaba cruzar la cordillera caminando junto a su esposa y su bebé de meses pocos días después del golpe. Lo fusilaron en el regimiento de Valdivia junto a once obreros y campesinos, la mayoría del Movimiento de Izquierda Revolucionaria.

Ya una vez María Valencia se había ido a Liquiñe. El niño había caído en una tristeza profunda. Como no se levantaba del largo sillón desde el que veía el cerezo a través de la ventana, Pedro había tenido que ir a buscar a María, aumentarle el salario para que regresara. Ahora, en plena dictadura, nada podía hacerla volver. Pedro no era capaz de ir hasta el pueblo cordillerano donde cualquier extraño podía ser detenido por los militares. La masacre en la zona había sido tan sangrienta que el miedo encerraba a sus habitantes. Los que no habían muerto habían pasado por la tortura y habían ido presos. Tuvieron que llamar a otra niñera, una joven morena de pelo lacio y largo hasta debajo de la cintura, que nunca sonreía.

Nadia tuvo a su segundo hijo en febrero. Todavía había toques de queda, los militares se paseaban por las calles armados. Fueron al hospital en un auto sacando un pañuelo blanco por la ventana. Esta vez llegó al nacimiento sin pensar que sería una jornada cruenta: su guagua pesaba más de cuatro kilos. Fueron horas de trabajo de parto. El dolor la enloqueció. Nadia salió corriendo al pasillo queriendo escapar de ese nacimiento con su hijo peleando por nacer. Sus propias compañeras la ataron a la camilla. Parió desgarrándose. Quedó exhausta y ofendida como una niña golpeada. No quiso mirarlo. No quiso vestirlo.

Pedro abrazó a su hijo y le puso la ropa blanca que encontró en el ajuar que tenían preparado. Era casi todo rosa. Esperaban una niña. No estaría dispuesto a dejar que Nadia se ausentara en sus largas guardias hospitalarias. Padecía una alergia que obligaba a cambiarlo a cada instante apenas meaba sus pañales. Nadia no quiso amamantarlo y el niño rechazó la leche envasada. Había que dársela a cucharaditas, en gotas. Nadia no soportó dejarlo en manos de la nueva niñera. Renunció a su amado trabajo en el hospital.

102

Humboldt leyó en un diario de La Habana
que un capitán amigo saldría desde Londres hacia
los mares del sur, cruzaría por el estrecho de Ma-
gallanes para luego ir hacia Australia atravesando
el Pacífico. Calculó que en unos ocho meses podrían sumarse junto a Bonpland a la expedición
en Lima. Tenían un nuevo viaje largo por delante:
zarparon hacia Cartagena de Indias desde el Caribe para ir selva adentro hacia Santa Fe de Bogotá navegando el río Magdalena contra la corriente. Luego cruzarían los Andes hacia Ecuador y
desde allí bajarían al Perú. Otra vez los bosques
tupidos, las aves únicas, los animales, el ruido de
la selva, el calor agobiante, los mosquitos, el cos-
mos y su vastedad.

Dos meses avanzaron en canoa junto a Bonpland, De la Cruz y los cargadores indígenas, reme-
ros diestros y extenuados por el absurdo alemán.
Llegaron a Honda, a ciento sesenta kilómetros de
Bogotá, y desde allí subieron a pie, desde el valle
del río, las montañas escarpadas y cada vez más
frías hasta los dos mil setecientos metros. Hum-

boldt se encontraba al fin con el hombre sabio de plantas americanas, José Celestino Mutis. Halagado porque Bonpland le dijo que se desviaba hasta el interior del continente evitando un cómodo viaje en barco directo a Lima solo para conocerlo a él y su portentosa colección, Mutis lo mandó a recibir con pompa virreinal. Alexander y Aimé subieron maltrechos en el interior tapizado de una carroza, su asistente José y los indígenas que los habían conducido por el río en otras, y sesenta jinetes los custodiaron hasta la ciudad de la vanidad y la música. Pasaron semanas sin poder evitar los homenajes, las cenas, las celebraciones. Aimé se enfermó, la fiebre volvió a postrarlo y hubo que esperar a que se recuperara para finalmente partir al sur.

103

El niño reconoció a sus abuelos Helga y Bautista en una carrera de caballos en el campo. Semblanteaban una yegua de su padre, unos pasos más allá. Esa tarde de verano entendió que no había nada que remediara el rechazo a su madre. No lo saludaron, no se acercaron a hacerle un cariño. Apoyaban al padre a través de un animal, esa yegua color café en cuyas patas todos tenían los ojos puestos. La carrera se demoraba, los hombres conversaban y sacaban billetes de sus bolsillos y gritaban cosas que el niño no comprendía. Todos parecían excitados y convencidos de que iban a ganar. Todos menos su padre, el dueño de la yegua que suponían ganadora.

Pedro tenía éxito con sus obras de electricidad. Había pasado de domicilios a tambos y lecherías de la cooperativa y sentía que se volvía uno más en la pequeña burguesía huasa del pueblo. Eso lo habilitaba a competencias masculinas mayores, del pool de los fines de semana cambió a las carreras de campo. Fueron su perdición. La yegua llegó última.

Nadia dijo que todo estaba arreglado, le habían hecho trampa. Días después algunos señores entraban en su casa y se llevaban objetos preciados en parte de pago por las deudas que dejó la carrera. Así se fue un televisor blanco y negro, un cenicero de cristal, una lámpara de pie, una radio y un collar de Nadia con el que el niño jugaba frente a un espejo del cuarto.

En el otoño del año siguiente la diáspora de los perseguidos por la dictadura mostraba un camino para salir del pueblo y alejar a Pedro de las malas juntas, el trago y el juego: Argentina. Se podía cruzar en bus. Del otro lado esperaba un boom económico porque se exportaba cada vez más fruta del valle a Europa y los que habían ido juraban que la plata salía de los árboles, como las manzanas. Había galpones de embalaje y una papelera necesitaba alguien para el mantenimiento de las máquinas. Con dos cuñados de Pedro presos por comunistas y la familia de Nadia sitiada por la pobreza después de que la fábrica dejó de vender maquinaria convenía buscar el futuro en otro lado. Pedro se fue para probar suerte durante tres meses.

104

En el acceso al campo se transita un largo camino sombreado por casuarinas a lo largo de dos kilómetros. Las casuarinas parecen haber estado siempre allí, pero son originarias de Australia, Malasia y Polinesia. Parecen coníferas porque tienen unas hojas en punta que caen lánguidas y huelen a madera seca. Son del género *casuarina* y de la especie *equisetifolia*, bautizada por Linneo en 1759. Su nombre no surge de un prócer del naturalismo sino del hecho de que sus hojas como plumas filosas se parecen a las de un ave misteriosa de Australia y Nueva Guinea que deslumbraba a Linneo, el *Casuarius casuarius*.

Lo nombró el padre de la taxonomía en 1758 gracias a uno de sus discípulos sorprendido por su plumaje, un cuello azul cobalto y una cresta de hueso con forma de casco. Tiene varias particularidades: una de ellas es que la hembra pone unos huevos verde cobalto únicos en el mundo que luego son cuidados por ambos padres, los machos los incuban durante los últimos dos meses y la hembra puede aparearse con otros machos haciendo incubaciones en varios nidos. Lejanamente parecido al avestruz por su tamaño, suele ser pacífico, pero si se siente agredido patea y con una de sus tres garras de diez centímetros puede matar, como le ocurrió a un entrenador que maltrató a uno de ellos y recibió una garra en el corazón hace poco tiempo.

105

Cuando apareció la idea de dejar Chile para intentar la vida en la Argentina Nadia hizo una exploración de una semana en el valle. Su marido vivía en unas piezas que compartía con otros chilenos recién llegados. Nadia estaba tan preocupada por dejar atrás el destino de su propia madre que no le importó ese paisaje apagado, ese gris de grises, y volvió al pueblo convencida de que se tenían que ir. Alba había cuidado al niño. Apenas supo que tenían decidido partir, le propuso a Nadia terminar de criarlo: es algo que solían hacer muchas abuelas de Daglipulli, montones de chicos criados por ellas para que las hijas mayores salieran a buscarse la vida en otros lugares. Nadia se negó. Cuando se bajó del bus que la traía de Argentina su hijo había corrido a sus brazos llorando para contarle que su abuelo Elías le había pegado. Una tarde el niño se negaba a comer y lo retaron. Empujó el mantel y derramó el té caliente. Elías le dio con el cinturón. Nadia no lo dejaría en manos de su propio golpeador.

106

La despedida de Santa Fe de Bogotá fue eterna. Humboldt había tenido acceso a la obra continental organizada por José Celestino Mutis, apadrinada por Linneo desde Suecia y seguida a través de una correspondencia incesante a lo largo de dieciséis años. Mutis era veinticinco años más joven. Linneo murió sin que se conocieran. Se parecían en el carácter religioso; uno hijo de pastor, el otro sacerdote tardío. La erudición de Mutis impresionaba a Linneo y fue también desbordante a los ojos de Humboldt. Mutis había comprendido que la clasificación se potenciaba con la imagen, los herbarios eran delicados e insuficientes. Por eso logró que el rey contratara dibujantes de plantas que serían maestros de treinta y dos artistas americanos al servicio de su proyecto.

Mutis quedaba complacido por el reconocimiento europeo que la preferencia de Humboldt significaba para su obra aislada en el interior del continente. El viaje de Humboldt rompió con la lógica de los anteriores exploradores, como su admirado capitán Cook, que habían hecho viajes transatlánticos, bordeando las costas pero no atreviéndose a las selvas, las llanuras, los páramos, los peligros y la diversidad de los interiores. Se fue de Santa Fe de Bogotá tan cargado como pudo: tres mulas solo con comida, otras ocho con lo coleccionado a través del río Magdalena y los obsequios de Mutis, los instrumentos, el equipaje. Tres indígenas cargadores transportaban lo delicado. El increíble José de la Cruz con el barómetro, el único que quedaba en pie, custodiándolo como a un diamante. Pronto supieron lo que era una cordillera, los altos del Quindío los esperaban con sus riscos, precipicios y nevados.

107

Nadia venía con una decisión tomada: dejarían el pueblo por cinco años y se radicarían en el valle para probar suerte. Pedro le había rogado que al llegar fuera a darle un regalo para su madre, que la saludara y le contara lo bien que le iba en su experiencia argentina. Caminaron con el niño por el callejón de la aldea esquivando las pozas de agua y tocaron a la puerta de Helga y Bautista. Los atendieron con una sonrisa, agradecieron la visita y pasaron a la cocina. Algo malhumoró al niño, se puso mañoso. ¿Lo incomodaba esa situación forzada? ¿Le era imposible apoyar mansamente esa escena artificial? Quizás como un modo infantil pero contundente de solidarizarse con su madre que tanto había insistido en la maledicencia y el desamor de Helga se brotó como pudo. Nadia intentó calmarlo y fue peor; el niño estalló en llanto y la pateó como un potrillo desbocado hasta que ella no tuvo más remedio que tirarle las orejas y llevárselo en medio de un escándalo pidiendo disculpas, avergonzada. Lloraron los dos, todo el camino hacia la casa de Alba.

Entraron a la casa por la puerta de la cocina.
Ella lloriqueaba como si el chico la hubiera some-
tido a una golpiza. Alba preguntó qué había pasado. Nadia lo acusó como ante un jurado que debía decidir una condena por el delito cometido.
Alba enfureció. No se le pega a la madre, nunca
más va a hacer eso. En la cocina hervía una olla
con el almuerzo. Alba cuidadosamente la quitó
del fuego. Agarró a su nieto por los hombros y lo
arrastró al borde de la estufa. Con un fierro sacó
los anillos superiores sobre los que se calienta la
comida. Las llamas salieron de adentro de la cocina como sopladas por una fuerza tenebrosa y cre-
pitaron los leños. Ahora sabrás lo que es pegarle a
tu madre. Ahora vas a entender que eso no se
hace. Alba acercó las manos del niño al fuego. Las
manos del niño rozaban las llamas. Supo implo-
rar, pedir por favor, jurar que nunca más abuelita,
nunca más, nunca más le pegaré a mi madre.

108

La pileta es un estanque de piedra gris. La piedra gris se torna verde a medida que se moja. Las ramas del sauce que casi ha cubierto la casa, los dos pinos alicaídos, los duraznos se reflejan en ese charco. La luz del sol que pasa entre las ramas golpea con tornasoles y la quietud parece sumergirse al atardecer. Invito a los amigos más cercanos, necesito compartir con ellos el fresco nuevo y nadar, jugar en la piscina como chicos, llenar de música y sonidos este lugar de celebración.

Si miro a derecha o izquierda veo lo que falta, los cercos de bignonias que no hay modo de que trepen por el alambrado, la sequedad de los pinos que plantamos en el último tramo y se mantienen en su tamaño poco alentador dejando en evidencia la precaria construcción del vecino que luce como una cárcel. También un parral nuevo que promete uvas en febrero. Al emerger de un chapuzón en el otro extremo, me tranquilizan las dalias, los gladiolos y las rosas: alcanzan a lucirse detrás de su coqueto cerco de madera. En un estampido de último momento los agapantos florecieron y combinan odiosos con el turquesa del container.

109

La casa de los abuelos estaba al costado de la ruta y a unos cien metros pasaban los buses que salían hacia la ciudad más cercana y de allí a la Argentina. Desde la ventanilla el niño miró a sus tíos y a media Aldea Campesina que se disponían a despedirlos. Sus padres estaban nerviosos. Él, poco más de cuatro años, parado entre las piernas de su padre, su hermano de un año en los brazos de su madre. Nadia y Pedro no tenían más de veintiséis. Iban a la moda; ella con pantalones de tela de durazno, un abrigo de lana color caramelo y un pañuelo de seda rosa en el cuello. Su padre tenía una casaca de cuero forrada en corderito que a él le gustaba rozar con las mejillas.

Cuando el bus aceleró Alba levantó la mano y le dijo adiós con los ojos: los puso más achinados, estaban húmedos. A él también se le pusieron así. Cruzaron la cordillera en junio, llovía como llueve siempre en el sur de Chile con esa lluvia que no moja, que no embarra, que corre por la tierra abierta dejando unos riachos mínimos, como si siempre fuera escasa el agua para el verde extremo.

Llovió hasta Villa La Angostura y luego hasta Bariloche. Allí durmieron en una residencial y esperaron a que pasaran las huelgas: habían escapado de la dictadura y de los fantasmas del pueblo en el peor momento, el golpe de Estado en la Argentina se acercaba y los encontraría en la montaña cercados por la soledad.

110

Humboldt y su comitiva se entregaron a los cambios permanentes en la geografía que atravesaron tras la cordillera del Quindío, las planicies momentáneas, las nuevas selvas, el volcán que exploró antes de llegar a Quito encendido por el ansia de trepar todos los que encontrara a su paso. Entonces las opiniones sobre el origen del mundo se dividían entre neptunianos y vulcanistas. Unos abonaban la teoría de que habíamos surgido del agua de modo que la respuesta estaba en los océanos. Los otros, convencidos de que la fuerza primaria había sido una actividad sísmica y volátil proveniente del centro de la Tierra. Hasta creían que todos podían estar unidos por conductos internos. Humboldt tenía carácter impetuoso, maníaco, caprichoso como una erupción: quería medir todo lo concerniente a esas alturas, su fascinación ante esas moles mitológicas era total. Desataban en él algo más poderoso que su pulsión por el conocimiento, su imaginación.

La llegada del naturalista a Quito fue un acontecimiento social. Sus viajes habían trascendido. A los treinta y dos años parecía más alto, más fornido, tenía la virtud de haber impreso la selva salvaje, el arrojo y la valentía del explorador a su origen palaciego y burgués. Era un erudito, gozaba de la sensibilidad literaria cultivada en su transparente amistad con Goethe y sus delicadas manos con cicatrices, la piel curtida de su rostro, el desorden de sus rizos, el desdén por lo mundano y el reconocimiento lo volvían perturbador para las mujeres de la sociedad quiteña que anhelaban una mirada suya. Nada más lejos de lo posible. Recibido con honores por un coronel que luego sería clave en la lucha por la independencia, se suponía que caería rendido a los pies de la hija de su anfitrión, una de las mujeres más bellas de la ciudad. El pulso de Humboldt se desbocó al conocer al más guapo de los jóvenes ecuatorianos: altísimo, espaldas anchas, pómulos arábicos, ojos aceitunados, Carlos Montúfar, exactamente diez años menos que él, se transformó en su nueva obsesión.

Tercer jardín

111

Desde que se refugiaron en la Argentina las defensas del niño bajaron y su cuerpo no tuvo tregua. Bariloche y su belleza lacustre aún eran una tierra parecida a la que dejaban del otro lado de la cordillera. La fascinación por la nieve solo se comparaba con la que le produjo la idea de un hotel: el servicio, las camas, desayunar en el salón junto a otros viajeros desconocidos, cenar en restaurantes. Intuía que en el viaje y en la experiencia se atisbaba la distinción. Ignoraba que escapaban de la dictadura más cruel, de la pobreza de las dos familias con parientes presos, de los vicios de su padre. Quizás por eso en ese viaje helado, en esa ciudad nevada, no enfermó.

Enfermó al llegar a destino, quinientos kilómetros más allá, en el valle cubierto de frutales, chacras rodeadas de álamos. El álamo es un árbol caducifolio, de los que pierden todas las hojas. Al final del otoño queda convertido en un esqueleto lánguido. Se trataba de un valle artificial. Setenta años antes no existía. Lo habían conseguido los migrantes italianos y españoles que llegaron a colonizar la zona cuando en la Patagonia el Estado argentino repartía tierras para poblar el desierto de europeos y terminar de cercar a los pueblos tehuelche y mapuche en las zonas más inhóspitas de la región.

A comienzos del siglo XX, de una punta a la otra, a uno de los lados de un río caudaloso y oscuro los colonos habían construido canales de riego que humedecieron una franja de cincuenta kilómetros por diez. En verano es un tajo en el desierto. La imagen que se exporta de la Patagonia es verde, lacustre, glacial. Poco se ve en la propaganda de su superficie desértica. Solo las tierras junto a la cordillera reciben las lluvias que provienen del Pacífico y cruzan la frontera, lo que queda de ese poder. Luego, hacia el oeste y hacia el sur, miles de kilómetros cuadrados, la estepa, la meseta, los arbustos espinosos y a simple vista uniformes hasta el mar.

El niño contrajo hepatitis. Habían alquilado una pieza de adobe. Tenía un jardín de cactus. Un día su hermano de un año se cayó encima de uno y pasaron toda la tarde sacándole las espinas, pensaba que parecían monos quitándole los piojos a un monito. Cada detalle de esa nueva vida le parecía asqueroso, sobre todo la letrina hedionda a la que debían ir en el fondo del terreno. Para el niño nada de eso tenía explicación. El niño repetía una pregunta: mamá, ¿por qué estamos tan pobres?

212

112

Hacia enero el peso de la cuarentena cae sobre mi hijo y sobre mí. No hay piscina que nos retenga en Buenos Aires. Todo lo que deseamos es aprovechar que nos permitan salir a la ruta como antes, avanzar por la pampa argentina, cruzar el desierto, pasar por el valle a abrazar a sus abuelos y continuar a Chile. Solíamos hacerlo cada verano. A veces con mis padres. El último habíamos preferido la playa, por lo tanto hace ya dos temporadas que no cruzamos la cordillera. Cuando los cinco años planeados por mi madre para vivir en Argentina se volvieron seis y luego siete y luego cuarenta y cinco, el regreso de vacaciones era un aliciente. El verano calmaba el desgarro del destierro. No permanecimos en el exilio por la dictadura implacable. Lo que nos retuvo fue el éxito de mi padre en su trabajo.

113

De la fábrica de envases para manzanas Pedro
fue robado por la competencia como jefe de mantenimiento, y en los talleres y laboratorios coinci-
dió con dos ingenieros electrónicos que lo convir-
tieron en su aprendiz. Envueltos en estelas de
humo de cigarrillo, tomando whisky, discutían
sobre asuntos incomprensibles y escribían planos
de circuitos en papeles manchados. Uno de ellos
era magnético: barba desgreñada, voz ronca, fa-
nático de Demis Roussos, se dejaba las uñas largas
como pistilos. Las usaba como destornilladores.
Vivían en un mundo paralelo soñando con automatizarlo todo. Pedro se volvió experto en automa-
tización. De un momento a otro lo convocaron
de un yacimiento de petróleo como supervisor de
pozos. Nos fuimos a vivir a un pueblo en medio
de la nada. Duramos tres meses. Regresamos al
valle porque la fábrica lo tentó con un mejor salario. Volvió porque en sus horas de guardia esperando que una pieza fallara en el mecanismo de
un pozo extractor de hidrocarburo algo extraordinario se le ocurrió.

114

Fue un niño paciente: hepatitis, luego varice-
la, gripes, fiebres inexplicables y las amígdalas
siempre inflamadas lo llevaban con frecuencia al
hospital. Quería ser médico. En Chile había sido
un niño de hospital, durante un tiempo lo dejaban al cuidado de las monjas alemanas, en una
guardería con otros hijos de trabajadores. Los fines de año el Viejo Pascuero llegaba con regalos a
una sala enorme donde les servían una once llena
de dulces y tortas alemanas. En las fotos de esos
eventos siempre está al lado de una nena rubia,
vestida como un ángel, que lo toma de la mano,
la hija de otra enfermera muy amiga de su madre.
En escenas futuras volverá a verse así, acompañado de esa niña, una niña genérica, de belleza he-
gemónica. Luego se relacionaría con mujeres parecidas a esas niñas. Y hasta se enamorará de una
mujer así, una mujer que no lo perdona y a la que
siempre amará.

El hospital en el valle argentino era apenas
una casa grande, un espacio que le parecía como
casi todo: precario, estrecho, feo. Para ir al médi-

co debían atravesar un sendero en medio de álamos y manzanos, las vías del tren y bordear la ciudad, una media hora de caminata que hacían muy temprano. A su madre le dijeron que debía aislarse de su hermano menor para que no se contagiara, separar sus cubiertos, sus platos y enseres. Vivían todos en una habitación. Tenían lo que habían podido cruzar en la partida: los cubiertos y el blanco, un edredón relleno de lana de oveja. En la pieza había dos camas, una mesa con cuatro sillas y una repisa que habían hecho con un cajón en la que guardaron algunos frascos con azúcar, café, harina, fideos. La ropa, en las maletas. Por las tardes era mejor meterse en la cama para soportar el frío. Un día miraban lo linda que les parecía esa repisa recién pintada cuando cedieron los clavos que la sostenían. El barro no permite clavos.

115

Alexander Humboldt siente el temblor que amenaza con lanzarlo al abismo del Chimborazo, la montaña más alta que se haya conocido hasta entonces. Su amante es un hombre valiente y lo ha acompañado a cada volcán que ha querido subir desde que se conocieron cinco meses atrás. Aimé, su fiel socio francés, avanza a paso lento sin mirar el filo de la montaña, esa senda tan delgada hacia la cima que los lugareños le dicen cuchilla. Al final camina el hombre del barómetro, invencible a pesar del frío que les congela las manos y los pies, abrazado a su instrumento. Hace mucho que los cargadores se han asustado y no han querido continuar. La nieve lo cubre todo. El viento es cruel. La silueta de los cuatro, oscura y nublada sobre el fondo blanco. Una grieta les interrumpe el paso. Deberían serpentear el camino, pero apenas lo intenta Carlos Montúfar desaparece en el manto blanco como tragado por el corazón del Chimborazo. Es imposible pisar la nieve.

Extasiado por la idea de que solo faltan cientos de metros para la cima, Alexander se arroja a sostener la mano de Charles, como le dice en la intimidad. Lo llama desesperado. Charles, Charles. El viento se lleva su grito, lo vuelve ventisca, lo hiela. Carlos es fuerte. Se aferra con los brazos al pozo que su cuerpo ha creado y alcanza con una bota despedazada una piedra en el extremo de su posición. Se impulsa como si hubiera llegado al fondo de un lecho de agua y nada en la nieve leve, inmaterial. Sale a la superficie aterido. Alexander lo abraza, los amigos lo trepan temiendo desbarrancarse todos en el mismo momento. Está bien. No se ha fracturado. Respira con dificultad, pero a todos les pasa desde los 4.400 metros. Alexander pregunta a qué altura están. Necesita saber si han superado al menos la marca de quien más alto ha llegado en globo a mirar el mundo a sus pies. José de la Cruz le entrega el precioso barómetro: son 5.731 metros. Con ese número se conforma y desiste de continuar. Desde donde está mira el horizonte esquivo. De pronto una corriente de aire despeja de nubes la zona y puede ver lo que hace tanto tiempo avizoró.

Si Humboldt hubiera podido elegir una sola persona para estar junto a él en ese exacto momento hubiera preferido a Goethe. Su amigo tenía todo que ver con esa experiencia en la que aquello que venía reflexionando desde Europa se expresaba en una imagen: una montaña que mostraba en sus distintas alturas y vegetaciones, desde

218

la palmera tropical de la base hasta los líquenes y las sorprendentes flores azules próximas a la cima. Llegaba custodiado por su amante latino a la misma conclusión que ensayaron con Goethe: la naturaleza es interacción y reciprocidad. Habían alimentado tardes y noches y a lo largo de una correspondencia caudalosa la idea de que a la ciencia había que contaminarla de creación. En ellos, de un modo diferente, se daba la singularidad: una fusión entre lo específico de la ciencia y una estética de lo sublime.

Su afán histórico por comparar todas sus mediciones, las de los Alpes, los Pirineos, las de todas las geografías americanas transitadas, daba como resultado la visión que expresaría un dibujo hecho por él mismo del Chimborazo en el que agregaría a un lado y otro a modo de infografía actual los datos, nombres, temperaturas, grados, longitudes, morfologías, taxones capaces de confirmar de un solo pantallazo su extraordinaria revelación. Todo lo viviente permitía y promovía la vida de lo viviente en un encadenamiento de luchas, de violencias y muertes, de enfermedad, de regeneración y rebrotes. El equilibrio del planeta dependía de esa cocreación atravesada por fuerzas ocultas e invisibles.

116

Llevaban tres meses en la pieza de adobe la madrugada en que Pedro llegó borracho con una botella de coñac en la mano y dos compinches. Los niños se despertaron, Nadia le gritó desde la cama, Pedro y sus amigos se tuvieron que ir. Muy temprano Nadia los bañó en un fuentón, los cambió y armó las valijas. Se refugió en un hotel. Aquel fue un día larguísimo; durmieron en un cuarto con dos camas, en una su madre y su hermano, en la otra él solo: le pareció una nave sideral. Volvió a soñar con su abuela. Por la mañana desayunaron en un café en la esquina de la plaza. En el valle entonces no había muchos lugares así. Era otra oportunidad de saborear el mundo. No se angustió por esa posible huida, le agradaban el olor del café con leche, el sabor de las medialunas mojadas, la textura de las servilletas de papel delgado que sacaba de una caja presionando el metal. Si regresaban iría con Alba y pasarían por Bariloche a dormir en aquella residencia. Sería un viajero feliz.

117

Las fronteras terrestres están cerradas. No hay modo de hacer nuestro largo camino a Chile. Este verano finalmente pasaremos enero en el sur argentino. Mi hijo estrenará su carnet de conducir y podré descansar observando el paisaje mientras escuchamos su música y sigo aprendiendo de trap; nos encanta Bad Bunny y su nuevo disco grabado en pandemia. Los dos solos en la camioneta es una experiencia nueva: la dimensión de la naturaleza en medio de la extinción, un modo de ver lo que nos rodea como si fuera la primera y la última vez que podremos observarlo. En los paisajes monótonos de la pampa cada tanto sorprende un humedal. Reconozco un talar, el bosque que les da nombre a otros sitios rioplatenses.

En el valle mis padres nos esperan orgullosos de su jardín florecido. Los pensamientos en macetas pintadas, las petunias en cisnes de greda, los rosales más altos y fecundos. Almorzamos bajo los sauces que dan sombra en su terreno tomado, cultivado, cercado, y nos cuentan que los denunciaron por esa apropiación del espacio público.

No comprenden la lógica del reclamo, miran a su alrededor la decadencia de los que nada siembran y mueven la cabeza. Nada los preocupa. Lucen jóvenes. Mi madre está rodeada de buenas amigas. Tiene planes para refaccionar la casa, nuevamente le cambiará el color a la cocina, y con ello a los muebles, el piso, los manteles, las cortinas. A mi padre solo le obsesiona cuándo abrirán la frontera, cuándo podrá cruzar para visitar a su familia, hacer la gira de fiestas por las casas de los parientes. Nos cocinan una cena deliciosa y se entusiasman. Corren la mesa del living y bailan una vieja cumbia colombiana. Aplaudimos y festejamos su gracia, la inquebrantable disposición al placer que heredamos.

118

Después de trabajar en los yacimientos, a Pedro lo obsesionaba la idea de automatizarlo todo. Regresó a los laboratorios de la papelera a experimentar con sus amigos ingenieros en un aparato nuevo, un detector de flujo de petróleo, capaz de diferenciarlo del gas y del agua.

Advirtió que cuando un pozo se rompía internamente seguía haciendo el movimiento de caballos mansos en el horizonte. Cada doce horas un empleado pasaba a abrir una llave para comprobar que estaba saliendo el hidrocarburo de lo profundo de la tierra. Mi padre calculó los metros cúbicos que se perdían en el lapso intermedio sin controles. La cifra millonaria lo convenció de que la rotura de un pozo debía ser detectada en el instante mismo en que fallaba. Pasó meses con prototipos, maquetas, fundiciones. Una madrugada se despertó recordando un sueño: había encontrado la solución a su primer invento. Petrocontrol lo llamó. No tardó en dar con un socio y se convirtió en un empresario próspero y a la vanguardia de su época. Terminaría desarrollando otro aparato con

ultrasonido y una serie infinita de plaquetas elec-
trónicas de prueba que se iban acumulando en
cajas. Su obsesión fue imparable y la inversión
en investigar le comió las ganancias, hasta que en
una crisis económica fundió la empresa y dejó de
reinventarse.

119

Se mudaron de la pequeña casa a otra un poco más grande, con un cuarto para los niños, en el mismo barrio. Allí conoció a su primera amiga. Se encerraban a la siesta tras las hojas tupidas de una parra. Era verano. El niño que vivía en la casa de adelante, hijo de los dueños y más grande, tenía celos. Una tarde lo empujó contra el canto de una pared y le produjo una herida en la cintura. Nadia salió a defenderlo como hacía con sus hermanos en la escuela. Insultó a la madre del niño, al padre del niño, al niño. Y obligó a Pedro a buscar una casa donde no le pegaran a su hijo. De aquella casa del valle el niño retiene un par de escenas. Su madre se cortó un pie con un inodoro y jamás logró saber qué hacía ella trepada allí y cómo podía salir tanta sangre de una persona. Su hermano menor cayó de una mesa y lloró durante toda una tarde, hasta que se hizo de noche. Nadia no caía aún en el profundo pozo de la tristeza.

La obsesión del jardinero lo acompaña a donde vaya. Si está de vacaciones en una región fría y de montaña que da los mejores bulbos de tulipanes, para intentar su siembra en el próximo otoño hará los rodeos necesarios en la ruta y pasará por aquel vivero que los vende en el extremo de una península remota del lago. Tres veces hago el camino de tierra que recorre esa lengua del lago por lo alto, dejando ver el azul del agua allá abajo entre los arrayanes, las tipas, los pinares, las bayas. En esos viajes, primero con amigos, luego solo, aprendo del bosque sombrío, del efecto abrumador de la luz que penetra por el follaje de forma escasa, para dejarse caer ebria en el piso de hojas secas, leve pero oscura, sucia por el largo trayecto entre las copas de los árboles y el suelo. Quien ignora el misterio de las flores solo aprecia lo visible de un estallido primaveral. En medio de esas formaciones centenarias escaladas en el faldeo montañoso algunas casas de techos oblicuos, cabañas con chimenea, un corredor solitario que pasa, una moto vieja que deja la estela de su ruido en la soledad del camino.

121

Esa tarde, el niño conoció el entusiasmo de que la pelota le hubiera llegado a los pies moviéndola como por arte de magia, de modo elegante, sosteniéndola por milésimas de segundos en el empeine con la mira puesta en el arquero del otro lado de la pampa yerma que era ese patio escolar. Sintió la emoción de patear al arco, el griterío mientras lo hacía, el viento que ayudó a que la pelota se metiera en el ángulo, la sorpresa de que el arquero no atajara y el montón de manos de pibes que se le fueron encima, el impacto en la cabeza, en la espalda, el maricón, mariquita, maricón; las patadas. Había marcado un gol en contra. Toda su confianza era vana, nada había para enorgullecerse. Conoció temprano la diferencia entre ficción y no ficción.

Tres veces hago el camino. Los datos son aproximados: más o menos un kilómetro después de la casa de té con un jardín de rododendros y salvias, unos cien metros antes de la construcción de piedra, después de la capilla abandonada. La tercera vez un lugareño me conduce a un camino fractal por el bosque, acosado por un calor extemporáneo para esa zona. Es una cabaña vieja, del gris oscuro que toma la madera con las lluvias de décadas, parece haberse movido con un sismo hacia el costado derecho, levemente caída, pero aún firme en sus cimientos. A sus pies quitaron los árboles centenarios para producir un claro al que la luz bendice desde temprano y hasta la noche. Aún quedan canteros, lenguas de color dispersas. Casi todo fue cosechado, la tierra usada ya seca, un barro que se ha extinguido a la espera del azadón y el rastrillo, del abono animal que la fertilizaría para volver a sembrarla el próximo otoño. Nadie contesta a mis aplausos. La cabaña seca y sola bajo el sol promete arder ante la mínima chispa. Me voy creyendo que regresaré un día ya no por mis tulipanes, solo para sentir el frío otoñal en el corazón del bosque oscuro.

123

De pronto el niño, que tanto la deseaba cerca, cerca la tuvo. Pedro se dedicó a trabajar. Nadia pasaba los días en la cama de la nueva casa. Él debía cuidar del hermano que recién había cumplido los tres años. A veces ella lloraba. A veces se quedaba quieta, enroscada en sí misma, cada vez más pequeña bajo las sábanas. El niño prefería que ella estuviera acostada. Cuando estaba de pie era tan irascible que si algo malo ocurría, cualquier cosa fuera de lugar podía desatar su rabia. El niño rompía un adorno de porcelana, un plato, una taza, olvidaba o confundía el encargo al almacén, se peleaba con su hermano, demoraba al ser llamado a comer, no quería comer, se quejaba por algo y esa furia se estrellaba contra él. A medida que la oscuridad la adelgazaba, Nadia se volvía más impredecible. Cada semana parecía un poco más flaca. Cada semana desaparecía un poco más en su cama. O despertaba para darle con toda la rabia como si el niño fuera el culpable de algo que ignoraba.

124

Cerca de octubre el niño supo de una señora que hacía árboles de la vida, eran dorados, de alambres de bronce, y en los extremos de las ramas tenían florcitas de color. Eligió rosadas. Lo pagó con las monedas que le sobraban de cada vez que iba a comprar algo. Ella no se mostró alucinada por el regalo, no pudo sonreír y decir que era hermoso, no pudo emocionarse porque tenía un buen hijo que la amaba. El adorno desapareció y jamás lo enseñó a las visitas, ni le contó a nadie que su hijo de seis años había tenido la idea de darle un árbol de la vida. En otra ocasión sintió el olor de unas flores blancas en una esquina cercana. Tocó a la puerta y le pidió a la señora que le diera un ramo. Nadia se enojó. Son flores de cementerio, dijo.

125

Él les temía a sus manos de nena boxeadora, a lo largo de sus brazos alcanzándolo para darle con los nudillos en la cabeza, a las garras con las que alcanzaba a aferrarlo del pelo cuando él huía, a los encierros en el baño, donde el tiempo pasaba lento hasta que se dormía llorando en el piso. Por eso el niño cuidaba de su hermano, y trataba de todas las maneras de hacer las cosas bien. Le lavaba la cara. Lo vestía. Le daba comida si había. Lo cuidaba. Lo hacía volver a la casa cuando ella gritaba desde adentro que ya basta, que no podían estar todo el día en la calle. Sobre todo, el niño intentaba no mancharse, no ensuciar la ropa impecable que se ponía. Si algo le disgustaba a Nadia era la mugre. Y el desprecio por la comida.

Las palizas podían dividirse en tres: las de los charchazos o golpes con la mano, las del cinturón y las de la paleta. Las más corrientes eran las últimas, quizás las más inocuas, las que no dejaban marcas y cuyo dolor era momentáneo. La paleta era una cuchara de madera, de esas que su mamá usaba para cocinar sopas o los guisos de algas, luche o cochayuyo. La cuchara era un elemento común entre esa comida salida del infierno del mar y los paletazos que podía recibir cuando el almuerzo de los revueltos de algas y papas le producían arcadas.

Todo ese pertrecho de algas y paletas se compraba en Puerto Mont, los veranos, cuando la familia entera iba a comer curanto en la isla Tenglo. Era una fiesta hermosa cruzar el canal desde el puerto en lancha, subir por la ladera hasta la cima de la isla y en un restaurante alemán ver cómo salían las platadas de choros, tacas, picorocos, pollo, cerdo, papas, milcao y chapaleles de la tierra misma. El curanto se cuece entre piedras incandescentes, al vapor que sale de bolsas de arpillera y gigantescas hojas de nalca.

Luego de la comida, cuando ya el vino blanco había relajado a los turistas y a sus padres, Pedro les pagaba al niño y a su hermano para que bailaran mientras unos músicos tocaban cuecas. Al bajar hacían el último paseo por la feria de artesanías. Allí su madre compraba las doce paletas necesarias para el año, una por cada mes, para que no faltaran en la cocina, ya que a medida que chocaran con sus codos de hierro expertos en proteger sus cabezas, las cucharas se irían rompiendo.

126

En este viaje al sur la frontera sigue allí cada mañana cuando despierto: una montaña, dos, tres montañas enlazadas, cerros que en invierno lucen blancos y gélidos, en verano son marrones y grises, verdes hasta cierta altura por los bosques y la selva valdiviana que con la humedad de sus lluvias provocadas por otro océano cruza por los cañadones como si una humanidad migrara con ella hacia el oriente desde aquel occidente más austral montada en sus helechos, en sus lianas, lengas y arrayanes. Me alejo al sur de la ciudad hacia una comarca de pequeños pueblos desperdigados entre otros lagos y otros ríos. Me invitan a recorrer, a conocer playas y playitas, nuevos parajes. Nada me resulta interesante. Solo quiero reposar. La contemplación del mismo paisaje lacustre es lo único que me tranquiliza. El clima seco me resulta expulsivo. Veo el modo de convencer a mis amigos interesados en esta zona de que desistan, de que busquemos la humedad más cerca de la cordillera.

127

La casa rosada con patio y entrada para el auto quedaba justo frente a los Guarumba, delincuentes famosos en todo el valle. A la mañana el niño levantaba a su hermano, lo vestía, a veces con las zapatillas al revés y un chaleco con las mangas cruzadas y salían a la calle a buscarlos: Guarumbita vení a jugar conmigo, le decía su hermano. Ellos no se hacían cargo porque parece que ese era un apodo delincuencial y no les agradaba. Su mamá y la de los Guarumba casi siempre dormían. A veces la mamá de los Guarumba hacía unos escándalos terribles y les gritaba a todos en la vereda a medio vestir. El niño la miraba por las rendijas de una persiana.

128

Esa tarde Nadia tuvo que ir al médico junto a Pedro. Se llevaron al más chico y el niño quedó solo en la casa. Seis años, edad suficiente como para cuidarse solo. Era tranquilo, juicioso, no había riesgo de nada. Se quedó encerrado en el cuarto de sus padres y la idea llegó con un placer que le movió todo el cuerpo sin poder detenerse. ¿Cómo le quedaría ese camisón largo de su madre? ¿Qué formas de su cuerpo delgado podría descubrir si se inventaba un cinturón con un pañuelo de seda?

Siempre que iban al médico demoraban.

Solo había intentado lucir unas joyas muy vistosas de una tía que visitaban en el campo; era una mujer que siempre parecía vestida para bailar en un escenario. De esas que hacen ruido de tintineos al pasar por la cantidad de pulseras y colgantes, con sandalias que emulaban flores en cabritilla y pedrería. Nadia era más austera, solo tenía algunas cadenas de oro y unos aretes de los que se apretaban al lóbulo como pinzas. El oro le quedaba hermoso en su cuello delgado y la cadena colgaba más allá del escote. Debería ponerse un sostén y rellenarlo con medias. El aro se le caía porque tenía un lóbulo muy pequeño, resbalaba.

En el baño encontró el rouge y logró pintarse los labios, delicadamente, como si él mismo fuera su propia muñeca, como dejando de ser el que iba a la escuela, el que hacía los mandados y tomaba el colectivo hasta el correo para poner las cartas a Chile, el del gol en contra, como siendo otra persona. Se preocupó porque después al lavarse los labios quizás no le saldría. Pensó que debía quitarse todo pronto y guardarlo tal como estaba porque Nadia era muy ordenada y se daría cuenta de que anduvo en sus cosas. Estaba a punto de comenzar esa delicada operación con el pesar de ya no ser hermosa y escuchó el ruido del auto.

Quiso sacarse el camisón largo pero resbaló. Un aro rodó bajo la cama. Se tiró al piso para buscarlo. Nadia parecía apurada. Se sintió la llave en la entrada. Se escuchó el taco chino. Se abrió la puerta del cuarto y él quedó allí petrificado de vergüenza. Nadia lo miró como quien mira al asesino que está junto al cadáver recién ultimado a cuchilladas. Nadia gritó, gritó como si hubiera visto algo peor que todo lo que había visto en su vida. El niño pensó: no es para tanto. ¿Por qué es tan gritona? La odio. Yo no le hice nada. Ahora me mata.

Aunque él haya sido el compañero de su abuela en las reuniones con sus amigas, aunque él haya sido ideal para llevarlo a la peluquería donde se quedaba todas las horas mirando revistas de moda sin hacer ruido, aunque nunca le haya gustado el fútbol ni ningún otro deporte masculino, aunque de su boca salieran palabras pronunciadas por una voz dulce y delicada y todo indicara que no, que él no era un niño más, un niño del montón; aunque todos los niños del mundo fueran más brutos que este niño; aunque para el primer día de clases ella lo vistiera con esos pantalones turquesa y esos zuecos que luego los chicos pisaban para burlarse: nunca más, nunca más, nunca más lo vas a hacer.

El niño corrió por los rincones del estrecho espacio de la casa. El niño creyó que podía morir de un golpe, que la furia de su madre es superior a la que le conoce. Es una persecución voladora. Él tiene terror y es ágil. Ella tiene terror y es débil porque pesa cuarenta y cuatro kilos, porque desde que vinieron de Chile baja y baja de peso porque nunca come. Ella le arroja objetos, cosas que estallan en las paredes, ruedan por el piso, pasan de cuarto a cuarto. Excepto la cuchara de metal, esa maldita cuchara que pega en la cabeza del niño y lo ultima, lo hace aterrizar y lo entrega exhausto a su persecutora. Así, rendido porque ya no hay escapatoria, ella le arranca el vestido de princesa con sus garras de loca y lo mete bajo la ducha helada para quitarle el demonio y todo rastro de maquillaje.

129

El sonido del Laberinto Patagonia es el de los paseantes anunciándose los caminos cerrados, las trampas internas, los dobleces equívocos, las esquinas obtusas, los bordes invisibles, las curvas. Los niños son los primeros que encuentran el camino. Los adultos van detrás. Los niños se divierten ante la frustración de no encontrar la salida mientras los más grandes al rayo del sol comenzamos a sufrir, a sentir el cansancio de la cerrazón de estos arbustos perfectos construidos por una pareja que ha viajado por el mundo investigando sobre la simbología de los laberintos.

Pasaron veintitrés años desde que los enamorados plantaron el primer arbusto hasta que lo pusieron en marcha como una atracción para turistas. Me intriga el estado de esa relación, el carácter que ha asumido cada uno después de todo ese tiempo, cómo es esa persistencia reflejada de modo lacerante por el crecimiento de una construcción ideada entre dos.

El laberinto tiene un corazón. Quizás todo laberinto tenga un corazón. Estoy, creo, en ese lugar, en un living a cielo abierto, un sillón cómodo, al centro de un hexagrama en el que han plantado petunias vivaces en macetas grises. Esta última parte del recorrido tiene nueve entradas y solo una de ellas conduce al puente final. Mi voz retumba bajo el techo de madera y chapa de una glorieta hexagonal.

La salida del laberinto se siente como una inhalación después del ahogo. Bajo el puente esperan las flores. Los nenúfares flotan en sendos estanques sobre un agua verdosa, levemente transparente, en la que nadan peces anaranjados. Al salir, bajo los árboles, las familias toman la fresca en la sombra. A un costado una regadera entumece los plantines de frambuesa ofrecidos a los visitantes por los hijos mellizos de la pareja fundadora. Con ellas quiero sembrar mi tierra, el contorno espinoso y florido que dé frutas exquisitas el próximo verano.

130

Desde el patio de la escuela donde hizo el único gol de su vida se veía el desierto. Afuera sobraba el espacio, la cancha, un alambrado y la meseta, apenas unos álamos a lo lejos. En la escuela no solo llamaban la atención sus zuecos y sus atavíos sino el tono, chileno; la voz, meliflua; la limpieza, obsesiva; el blanco de su delantal, níveo. Era una escuela pobre en el límite del valle y él era una exageración insoportable para sus compañeros. No había compartido el jardín de infantes con ellos, leía de corrido, sumaba, restaba, multiplicaba y dividía y, lo peor, parecía no tener maldad. Lo empujaban en la fila, le abrían la puerta en el baño, le hacían zancadillas para que trastabillara, le pegaban al fondo del patio, donde las maestras no veían. Dos de ellos lo arrastraban por la tierra para que su delantal se ensuciara, para producirle pequeñas heridas cuando se enganchaba con las espinas de los pastos chúcaros.

Ese año caía en cama seguido, en general era dolor de garganta. Eran virus y bacterias que lo dejaban postrado unos días. Entonces sí Nadia lo cuidaba. Los médicos decidieron que debían quitarle las amígdalas y lo operaron. Al salir de la anestesia creyó que volvía de la muerte y que ese dolor en la garganta era porque alguien le había metido una mano siniestra que lo dejó sin habla. Gritaba entre los brazos de su padre que lo contenía para que no golpeara a las enfermeras, lo abrazaba con su fuerza de hombre y lo dejaba decir en un alarido: Alba. Alba. Alba.

En la convalecencia, sus compañeros de la escuela lo visitaron en manada. Él en cama, ellos alrededor, su madre feliz de verlos tratándolo como a uno más, y su hermanito, que tenía ya unos cuatro años, mirando a un par ojito, eh, no le peguen más a mi hermano. Todos se rieron, Nadia festejó la gracia, él se murió de vergüenza. Esa noche decidió que se defendería. Como lo habían elegido para el acto escolar y había tenido que bailar un minué con la única niña rubia del curso los chicos le habían inventado un apodo: bailarín chupa chupetín. El arrastre por la arena y los yuyos.

Al día siguiente esperó a que lo agarraran en el patio del fondo. Tenía los puños apretados llenos de la arena tibia. Cuando lo tiraron al piso se la arrojó en la cara. Los dejó ciegos. Gritaban como chanchos a los que están matando, corrían como una gallina sin cogote por el patio.

131

Apenas consigo en un vivero cercano mis bulbos de tulipán, narcisos y jacintos, mis semillas de amapola y retama, salimos hacia Villa La Angostura a un paisaje más verde. Llegamos a la casa frente al lago y escuchamos que un incendio monstruoso consume los paisajes de la comarca donde hemos estado. En la radio habla la dueña de nuestra hostería. Ha tenido que dejar su casa de madera y depende del cambio de dirección del viento que se salve todo lo que posee porque los bomberos no alcanzan y los aviones hidrantes no llegan a tiempo. Nos sentimos milagrosamente a salvo y al mismo tiempo nos horada una extraña culpa. El desasosiego nos mantiene en silencio. Al día siguiente la casa en la que nos quedamos en la villa casi se incendia. El horno industrial calentó de más los ladrillos térmicos y estos la madera terciada de los cajones de al lado, el zapallo dentro del horno se calcinó y todo estuvo a punto de ser devorado por las llamas si no hubiéramos llegado cuando el humo comenzaba a volverse negro. El fuego nos pisa los talones.

Después de nuestra segunda salvación conozco a la mujer que cuida la casa. Stella ha sido monja, se enamoró de su marido sacerdote y juntos abandonaron los hábitos. Ella fue maestra, él psicólogo. Tuvieron una sola niña. Habían comprado el terreno frente al lago y durante años lo visitaban solo en vacaciones. Lo prepararon todo para mudarse definitivamente. Ese invierno él subió al cerro con su hija. Murió de un paro cardíaco mientras esquiaba. Stella y la joven se mudaron al pueblo ese verano a habitar la casa que habían construido. Siguen, aferradas a un jardín inglés repleto de rosas y margaritas y luchando contra un proyecto de carretera que estaba por quitarles para siempre la tranquilidad.

132

A los seis el niño era capaz de tomar un colectivo desde la casa rosada al centro y poner las cartas en el correo. A los siete iba solo al psicólogo. A los ocho hizo su primera revista para seducir a su maestra preferida: una completa guía del cuerpo humano. A esa edad ya era responsable de la compra de los útiles escolares para él y para su hermano. A los nueve aprendió a comprar ropa solo. Y le dio una trompada a un pibe que le pegó a su hermano. El otro le partió la cara y le reventó la nariz. A los diez años ya vendía exámenes en la escuela: cobraba por mapas y por resúmenes. A esa edad hizo sus primeros amigos y jugaba con ellos a los desafíos del monte cazando bichos, robando frutas, huyendo de los chacareros que los perseguían con sus escopetas cargadas. A los once lo nombraron abanderado de su escuela pero no pudo serlo porque era chileno. Desde un balcón vio con rabia cómo a su bandera argentina la recibía otro y se juró que nunca se nacionalizaría, seguiría siendo chileno hasta la muerte. A los doce el niño estaba a cargo de casi todas las operaciones comerciales y administrativas de su casa.

Su madre le encomendó que pagara las cuentas, que pasara por la librería, que sacara turno a su oculista y a su odontólogo, que luego pasara por la óptica y retirara los lentes que habían mandado a hacer a Buenos Aires y de ahí a Alemania. Eran unas gafas caras, especiales, que demoraban mucho tiempo en llegar a la Patagonia. Debían ser hechas con las últimas técnicas para que fueran más livianas, la miopía de su madre era tal que si eran de vidrio le producían llagas en la nariz. Ese día tenía que apurarse para llegar con todos los encargos. Pasó finalmente por la óptica y le dieron un sobre blanco. Alcanzaba todavía a ir a la biblioteca popular del centro, donde debía devolver el libro que había terminado. Cuando llegó a su casa comenzó a sacar los encargos, los papeles, y al buscar los lentes, el objeto de su madre, ya no estaban. Los había perdido.

Su madre entró en una crisis de llanto. Gritaba algo incomprensible. Supo que se venía una paliza. Que la pesada mano buscaría su cabeza. Que quizás preferiría darle con el cinto, marcarle la espalda con los chicotazos de odio, o que partiría las últimas paletas en sus brazos. La dejó llorando en el living y se refugió en su cuarto. Escuchó los pasos cortos, vení para acá, vení para acá. Y cuando ella elevó la mano de furia, en el camino que esa mano y ese brazo de boxeadora habían hecho cientos de veces hacia su cuerpo delgado y débil, él, el niño que había crecido y ya era alto y comenzaba a ser fuerte, con su propia mano, con su propio brazo, sin ayuda de nadie, solo y parado allí, sabiéndose inocente, injustamente golpeado, la frenó. Le agarró la mano, la miró a los ojos con la furia que ella le había enseñado, y le dijo a mí no me pegás más, porque si me pegás te voy a matar.

133

Pasé por esta ruta, la 40, unas cincuenta veces desde los cuatro años. Ahora veo el camino frente a un ventanal, el lago a la hora en que los rayos del sol hacen estragos en los nubarrones y se filtran rebotando en el agua encrespada hasta estallar de brillo y fulgor. Durante los últimos días de las vacaciones me dedico a escuchar a mi vecina, a llevarla al pueblo de compras, a caminar su jardín palmo a palmo, con calma, para saber de los cuidados que le da a cada planta. Nada me recuerda más a mi abuela Alba que Stella, esta mujer de pelo cano a quien le importan su jardín, su hija y su nieto. Aprendo a podar rosales calculando dos centímetros después de una yema para cortar el tallo. Las margaritas generan caminos blancos, permiten el reino de las rosas sin competencias celosas entre ellas. Al irme, mi nueva amiga me consigue cuatro plantas de frambuesa y me regala una mutisia, una trepadora de hojas verde oscuro que da flores naranjas y está en varios rincones de la villa. Aún no sé que la bautizó Linneo y que se llama así en honor a José Celestino Mutis, el bogotano que celebró a Humboldt.

134

La bruma del invierno en el valle cubre la mitad del puente. Lo llevan al encuentro de un médico. Cuando están a punto de cruzar el río se desvían hacia unos sauces y álamos por un camino de tierra, hasta una casucha de cemento a dos aguas. Otras veces han pasado rumbo a la ciudad al otro lado. El niño sabe que allí abajo, en la costa, hay una sala donde la gente pobre hace fila para que le den comida. ¿Qué hacen en ese lugar? ¿Por qué lo llevan? Las amígdalas ya se las extirparon. Estará enfermo de algo raro. Quizás se va a morir muy joven.

Sabe que algo malo está pasando. Puede sentirlo en la respiración de su padre, en el silencio de su madre, en la madrugada que es todavía noche. Siente una soledad de desierto tupido, custodiado por sus padres jóvenes, lejos de Alba, del cerezo desde cuya cima se ve la aldea, el jardín, la huerta. Está solo. Solo es ingresado como un pasajero clandestino a una habitación celeste, parece una piscina a la que han vaciado de agua hace tiempo. Siente el olor a azufre; ese olor a experimento, a laboratorio, a diablo. Siente la aguja de la jeringa de vidrio en su brazo delgado, en la vena que muchas veces no quiere ser vista, para que no la profanen, para salvarse del tratamiento.

El niño no recuerda en qué momento lo supo. Lo guardó como a un insecto milenario entre pañuelos de lino: fue inyectado ocho veces. Hasta entonces era un niño inteligente de voz y modales delicados viviendo entre salvajes. Luego la hormona hizo su trabajo. Se impuso masculina en la fortaleza de sus huesos, en el vello abundante, en la torpeza de sus movimientos finos, en cierto vértigo animal que algunas noches lo lanza al bosque.

135

Mi hijo regresa antes de la cordillera y decide pasar una semana junto a sus abuelos. Cuando le dije a mi madre que era gay ella enmudeció dramáticamente del otro lado del teléfono y solo atinó a decir con la voz entrecortada algo así como entonces nunca, nunca voy a ser abuela. A veces reímos de su escena. Y de la siguiente, porque al cortar conmigo llamó a mi padre, que en ese momento trabajaba en un yacimiento de petróleo en Tierra del Fuego y trataba de instalar algún invento en medio de una tormenta de nieve, y llevaba uno de los primeros teléfonos celulares, un aparato gigante. Ella gritaba tu hijo es homosexual, estirando la a de sexual. Ahora reciben a mi hijo y a su novia planeando cada día de su visita, los consienten llevándolos de paseo, escuchándolos. Por las tardes el nieto juega al ajedrez con su abuelo. La abuela le muestra su colección de muñecas y de perfumes a la novia de su nieto.

136

Entre la aldea y el pueblo había un campo libre de unos tres kilómetros; a la izquierda el regimiento, a la derecha el acceso a la feria ganadera. Allí iban a jugar el niño y sus amigos los días en que no había animales; solo quedaba el olor dulce de la bosta seca, las graderías vacías, los cercos que usaban para trepar, algunos peones para cuidar el sitio. Cerca, en la ruta, había un túnel bajo el camino asfaltado. Era largo, toda la extensión de dos carriles, se animaban a gatear: en el camino hacia el otro lado se cruzaban con lagartijas pero sobre todo con unos pequeños sapitos, decenas de diminutos sapos saltarines que se les antojaban divertidos. Frente al túnel, en medio de la pampa, donde de tarde se jugaban los partidos de fútbol del barrio, de vez en cuando hacían una once, esa ceremonia de la merienda chilena en la que se puede comer desde pastelería alemana hasta huevos duros o fiambres. Allí, una vez, al atardecer, oculto con su amiga vecina de la casa de sus abuelos, una niña morena que era su mayor compinche, tuvo la primera sensación de intimidad: se sentaron en cuclillas y los dos juntos cagaron mirándose a los ojos.

137

Regreso a Buenos Aires lleno de plantas. Las cuatro frambuesas, la mutisia, un rododendro. Paso por el valle a ver a la familia. Bajo las macetas del auto y las protejo en la cocina junto a la ventana del verano en el valle. Mi madre las riega con cierto aire de despreocupación pero dedicándoles el tiempo justo sin hacer de ello un comentario, sin subrayado. Timothy Morton, un filósofo inglés parte de un grupo llamado OOO, Ontología Orientada a Objetos, desarrolla una idea que es aplicable a esta escena: cuidado expandido, no un cuidado evidente y siempre asociado con el humano que debe ser sostenido, alimentado, vestido, amado. Ni el magnificente cuidado del planeta. Sino un cuidado que va hacia otros no humanos y no solo vivientes, también lo no vivo como otro. En la cocina de mi madre pienso en esa teoría y adhiero a ella al mismo tiempo que escucho las últimas novedades de sus flores.

Me esperan dos días de ruta, frenaré en un hotel de la pampa. Las humedezco con un vaporizador cada tanto mientras cruzo el desierto. Les busco un lugar a la sombra allí donde me detengo. Reconozco mi obsesión y el ansia por transportar miles de kilómetros esas matas como si en ellas se jugara algo más que el crecimiento de mi jardín suburbano. Lo hago consciente de que hay pocas chances de que se adapten. Me gustaría ser explorador y encontrar en excursiones a territorios nuevos especies maravillosas imposibles de comprar en los viveros de la ruta donde me proveo. Entro en la ruta del desierto y me pregunto por esos arbustos espinosos y esas repentinas flores que de vez en cuando aparecen a los costados. Al comienzo del camino los pozos petroleros cabalgan en el horizonte.

138

Poco después de que lo sometieran a los médicos y a la hormona masculina, lo llevaron a una psicóloga. En el colectivo al centro se cruzaba con los únicos dos que iban a terapia como él. Uno, se sabía, lo hacía porque se meaba en la cama y reprobaba hasta gimnasia. El otro porque le daban unos ataques en la escuela y se encerraba en el baño a arrancarse los pelos hasta sangrar. ¿A él por qué?

El niño le dijo a la mujer que cuando lo internaron para quitarle las amígdalas lo habían hecho porque lo habían golpeado demasiado, que de tanto que le pegaron lo tuvieron que hospitalizar. La psicóloga lo delató y Nadia y Pedro le reclamaron por la mentira. Quizás algo comprendieron.

Un día Pedro fue con él a un yacimiento como su asistente en terreno. Su tarea era alcanzar las herramientas mientras Pedro hacía lo suyo metido en esa máquina infernal al rayo del sol. Para eso el niño debía aprenderse los nombres de cada una. Algunos los sabía, pero otros los iba registrando meticulosamente en la memoria como en un juego. Estaba demasiado concentrado en ello para advertir que el brazo de hierro del pozo bajaba hacia su cabeza para destrozarla con su fuerza titánica. Pedro voló como un puma hacia el niño y gritó su nombre tan fuerte que luego, cuando volvían en silencio hacia el departamento y le decía no pasó nada, la voz apenas le salía del cuerpo.

139

Frente a la pieza de adobe crece un jardín. Es un jardín pobre, junto a una casa pobre, y lo custodia un hombre pobre que respira lento y habla más pausado que él mismo, tan despacio como han pasado estos cuarenta y cinco años desde que estuvimos aquí por última vez. Avanzamos en el auto de mi padre por el barrio; siempre creí que al pasar por la ruta se podía distinguir el rancho aún de pie. Mi madre me orienta, me hace doblar en una calle asfaltada y de pronto aquel caserío apenas nacido que estaba entonces separado del valle por un bosque de álamos, aquel laberinto de tierra y viento, es un barrio de pequeños chalets y casas modernas de dos pisos, con árboles frondosos y una sombra poco habitual en el baldío aterrador que era el exilio aquí. El cambio es tal que suponemos que el progreso derrumbó la construcción de barro bajo paredes de cemento.

Insisto en que se veía desde la ruta, o yo veía desde allí pasar camiones por una ruta, y mi madre que no, que era una calle interna, y que era la calle América. Doblamos en la calle América, ahora asfaltada, y el número crece desde el cero de a dos en dos y la pieza no aparece, se ha esfumado. Hasta que al final, frente a un baldío en el que un cartel prohíbe tirar basura, tras unas rejas y un jardín en el que brilla un lirio blanco iluminado por el sol de las seis de la tarde, la pieza está intacta. Con la puerta clausurada por la tierra que ha crecido a su alrededor, con el cartel de su numeración, con la única ventana, con esos dos metros de jardín anterior en el que entonces solo había cactus, mi infancia está en pie.

Ante ella, de pie estamos nosotros. No somos capaces de abrazarnos, solo nos damos la mano, y dejamos que las lágrimas corran en silencio. Sé que en aquel momento mi madre todavía no enloquecía, que en esa pieza éramos dos los guerreros, que allí compartíamos la desgracia del destierro. Lloramos porque estamos a salvo.

Me desprendo de su mano y tomo una fotografía. Mi madre comienza una conversación con el hombre que habla pausado. Ella lo recuerda joven, maltratado por su padre porque no buscaba trabajo y pasaba el tiempo tirado en la cama apañado por su madre. Él le cuenta cómo se han ido muriendo todos. Cómo ha quedado solo. Ella, que resulta una gran entrevistadora, le pregunta: ¿nunca te casaste? Y él le contesta: no, señora, yo siempre he sido muy melancólico.

140

Alba nunca lo denunció por los golpes. Tampoco les contaba a sus amigas. Si no fuera por los relatos de Nadia parecieran no haber existido. El único límite de Elías fue el *delirium tremens*. Creyó enloquecer de dolor y vio a su nieto trepar por las paredes de la casa convertido en un cerdo.

141

Un niño que quiere escapar vive en la fantasía
de ese viaje sin retorno: dejar el hogar a hurtadi-
llas con un equipaje leve, salir al mundo a pesar
de su hostilidad para dejar de vivir en la hostilidad. En su caso la fantasía era cruzar la cordillera,
del modo que fuera, para regresar a Alba. Si lograba llegar a la casa en la Aldea Campesina la abuela ya no lo devolvería, no permitiría que su mamá
lo retornara al valle, porque si él había hecho esa
travesía era porque algo realmente muy malo pasaba en su casa. Algo peor podía pasar. El niño
temía los golpes, el dolor. Le daba terror que un
día Nadia no pudiera parar. Un día la rabia de su
madre sería tanta que sin querer, sin saber por
qué, sin explicación alguna, lo iba a matar.

Si llegaba a los brazos de Alba ella no lo solta-
ría, crecería rodeado de sus tíos. Cruzaba caminando, conseguía documentos falsos, se trepaba
a un camión de mercadería y se ocultaba entre
cajas de manzana; un verano cuando iban a volver
al valle de vacaciones en el pueblo desaparecía en
el bosque y cruzaba a nado el río; o la que le resul-

taba más factible, se metía en una maleta de las grandes antes de que las subieran al bus en el valle para salir luego apenas llegaban a Chile. Así, y enfrascado en la lectura de novelas, pasaba el año, con el aliciente de que al menos en San Juan, o para las fiestas patrias, o en el verano, estaría otra vez en su paraíso.

142

Al llegar al campo me apuro a plantar lo traído. Antonio me sugiere una zona con media sombra para que las frambuesas sobrevivan. Mi hijo me ayuda a hacer los pozos. Con paciencia, saca de cada maceta las raíces y las deposita en el agujero. Cubro con la pala cada una. Culminamos. Las observamos a unos metros, lucen extrañas con los penachos de las cortaderas de fondo, los árboles de mora más allá, los frutales en su bosque. Claramente en este jardín fecundo son exóticas, como lo son las dalias, como las rosas, como la mayoría de lo que elijo. Me cuestiono la validez de la importación, la necesidad de traer lo lejano. El rododendro irá a un rincón donde tenga espacio para crecer. Plantamos la mutisia en el pie de la glorieta. Nos encantaría que la cubriera. Antonio no tiene grandes esperanzas en mis plantas patagónicas. Comienzo a pensar que algo falta en el paraíso.

143

Llegaban al pueblo a veces para la Pascua y entonces todo era alrededor de un pino navideño cortado de los bosques cercanos, olía a resina untuosa. Ocupaban la estrecha casa de los abuelos como si se tratara de una mansión. Él dormía con su tía Ivonne, que como única mujer tenía un cuarto propio, con su propio clóset. En esos veranos podía estar en la cama hasta la hora que quisiera, bajo unos plumones de ganso que solían pinchar pero calentaban la noche fría del sur. Cada enero, una noche de todas las vacaciones, se le permitía lo sublime: dormir con Alba, en la cama matrimonial. Descansaba junto a su abuela y se despertaba temprano a su lado en la habitación sin ventanas cuando ella lo llamaba para el desayuno. En agradecimiento, el niño tenía que lavarle los pies a su abuelo Elías. Preparaba un lavatorio con agua tibia y sal y con sus manos delicadas masajeaba sus pies, los secaba y los dejaba tibios sobre una toalla que calentaba en la estufa.

144

La voracidad por el jardín avanza sobre mi biblioteca. Es posible armar un árbol infinito con lo escrito sobre flores, jardines y paisajes: el romanticismo inglés, el alemán, el modernismo, el barroco latinoamericano, la poesía en todos sus caminos, la botánica en sí misma, la historia y la filosofía. Los cardos de flores parecidas a alcauciles con inflorescencias violáceas, las campanitas azules que trepan al alambrado del vecino de enfrente y ponen límites a una manada de perros ladradores, las aves del paraíso con su follaje cónico de fuego, las colas de zorro que filtran la luz de la tarde, todas las nativas lucen cada vez más hermosas a los ojos de un jardinero que intenta comprender el concepto de jardín en movimiento, de jardín planetario y del tercer paisaje.

El autor de esas ideas es Gilles Clément, el francés que dirige la escuela de paisajistas de Versalles y que con sus proyectos de jardines contemporáneos ha puesto en discusión la historia misma del jardín de tradición europea: bordes, canteros, combinaciones tonales, líneas geométricas, supuestas armonías para ordenar la naturaleza, una lógica humana basada en una estética con reglas que ordenan el caos. Los italianos, los franceses y los orientales tienen sus propias tradiciones paisajísticas, pero nadie como los ingleses en su conquista estética del paraíso. La jardinera emblema de esa escuela ha sido la famosa Gertrude Jekyll, quien dejó tras de sí unos cuatrocientos jardines por toda Inglaterra. Gertrude tuvo un hermano también célebre que fue muy amigo de Stevenson y por eso inspiró al Dr. Jekyll de *Dr. Jekyll y Mr. Hyde*. Ella fue primero dibujante del Arts and Crafts y colaboradora de William Morris, pero tuvo un accidente que le impidió seguir pintando y derivó en la jardinería, que la apasionaba, y se convirtió en preferida de la burguesía de su época para darles sentido a sus retiros en fincas con praderas florecidas. Nada más lejano a Gertrude y sus combinaciones cadenciosas que el jardín de Gilles Clément.

145

Arcelia vivía en aquella hondonada, cerca de su hija menor y junto a dos de sus hijos varones, dos hombres que parecían no haber salido nunca de esas tierras. Se movían entre una casa y la otra. Para fascinación del niño, se trasladaban en carretas. Durante la cosecha, primero acumulando fardos en una punta de una colina donde el trigo brillaba al sol, los niños jugaban junto a los de la zona. En las cercanías vivían otras hermanas de Alba con sus familias. Entre todos conseguían que llegara hasta el paraje una vieja máquina trilladora, la maravilla que lograba con un vetusto pero eficiente sistema de motores y poleas separar la paja del trigo. Alrededor de esas faenas campesinas se tejía una celebración de asados y vinos, de rancheras, mientras los niños exploraban la vega, los esteros, el bosque.

Entre los amigos del campo uno llamaba su atención. Le decían «el Entenado». Era un chico que vivía con una de las tías de Nadia. Se llamaba Tahiel, que en mapudungún es lo que cantan las machis para invocar a la divinidad rogando que el hombre se una al universo: tahiel, tahiel, tahiel. Era hijo del circo, decía Arcelia. Su madre trapecista, su padre payaso, habían tenido que dejarlo al cuidado de unas primas dos veranos atrás cuando por una denuncia las carpas fueron incautadas por los militares y los artistas fueron presos o escaparon. Las primas de Tahiel se habían casado y, como sus maridos no lo quisieron, lo habían tenido que pasar a otra familia. Tahiel había nacido nómade y aun así ahora también él era un desterrado. Soñaba que sus padres volvieran. Por ahora le daban un techo, comida y debía trabajar más que los demás. Quizás por eso era fuerte: tenía las piernas más poderosas, los brazos más gruesos, la espalda más ancha. Era el mayor del grupo y eso lo volvía una autoridad en el bosque. El niño lo seguía a una distancia prudente para que Tahiel no se diera cuenta. Le daba miedo que se enojara, que lo acusara con su madre.

Cuando uno de los chicos terminó de contar y todos se habían escondido el niño estaba a solas con Tahiel siguiendo sus pasos fuertes hacia arriba del cerro, alejándose del bosque para sumergirse en un entramado de helechos, lianas trepadoras, musgos y líquenes, siguiendo la huella de un sendero mínimo. Ven, ven, apúrate, weoncito, decía Tahiel y el corazón del niño latía de prisa por el ascenso cada vez más escarpado y por los nervios, el vacío en el torso que le producía ver las piernas desnudas trepando paso a paso, las nalgas marcadas en el pantalón de lana corto, el dulce olor de los piñones que se pudrían bajo las hojas y los hongos. Ya casi no se escuchaban los gritos de los otros, apenas un aullido de lobo imitado por uno, unas risas lejanas de alguien que había sido descubierto. Aquí nadie nos va a encontrar, amigo, dijo Tahiel y mostró un túnel verde entre los colihues, el camino de los chanchos jabalíes que bajan a comer a las casas. El niño se preguntó: ¿Y si vienen los jabalíes? ¿Y si apareciera el puma?

Yo te cuido, dijo Tahiel. Ven, ven pa acá así nadie nos pilla. El niño pasó al fondo de lo que era una guarida perfecta, indetectable, camuflada en el follaje de la selva valdiviana, en el corazón de los colihues, ellos dos flanqueados por las cañas impenetrables, acolchados por varias capas de hojas secas. Aquí me escondo cuando me buscan para pegarme, dijo Tahiel. Me pongo chiquitito acá, explicó. Y ubicó suavemente al niño de costado como haciéndolo dormir. El niño quiso que lo abrazara. Que me abrace, que me abrace, que me abrace. Como si lo hubiera dicho en voz alta, el muchacho lo apretó lo más cerca que pudo de sí. El niño sintió lo tibio de los brazos de cosecha, el olor a heno que despedía el cuerpo de Tahiel, su verga dura y caliente entre las piernas, y allí se quiso quedar, esperar lo que el otro pidiera, que le ordenara algo, que le dijera qué debía hacer. Supo

el niño lo digno que era obedecer al que sabe.
Dejó que Tahiel le llevara las manos al crecimiento absurdo de su pantalón y sintió el palpitar de
una verga. ¿Quieres verla?, escuchó al oído. Es
bonita. Creyó. Y solo se dio vuelta deseando que
Tahiel le diera un beso, lo mirara, le dijera cosas
lindas.

146

Después de estudiar agronomía y paisajismo, al mando de jardines encargados por clientes que solo querían ver cuadros bien combinados tras sus ventanas de triple vidrio, Gilles Clément se rebeló y comenzó un camino que transforma el destino del jardín en un mundo que ya a comienzos de los ochenta avizoraba la crisis climática. Para Clément el jardín de hoy es el jardín en movimiento, aquel que se produce con la dinámica incesante de las plantas vagabundas capaces de colonizar terrenos baldíos, costados de camino, páramos abandonados a su suerte. Allí es donde la biodiversidad resiste. Ese espacio entre el camino por el que llego a mi jardín y el alambrado del vecino donde crecen las campanitas azules es un jardín en movimiento a lo Clément. Esa hectárea de monte nativo llena de ratones y pájaros, talares y coronillos que nadie habita hace dos décadas en la esquina de nuestro barrio de containers es un jardín en movimiento.

Al mismo tiempo el ensayista consolidó un concepto que lo define aún mejor: tercer paisaje.

Nuestro borde de calle y nuestro baldío son vistos por el ojo crítico de Clément como espacios del futuro, verdaderas reservas genéticas del planeta. Esas plantas nativas atraerán una diversidad de insectos y de pájaros, una fauna local que necesita de un ecosistema donde sobrevivir. La variedad de lo que vemos se debe a esta vecindad con los terceros paisajes. El tercer paisaje realza lugares despreciables para el ojo lleno de prejuicios de quien espera la estética del orden. En la sombra del sotobosque yace una inquietud que el inconsciente quiere expulsar, dice Clément. Es comprensible: lo limpio y claro tranquiliza. Ahora comprendo mejor la fortuna de convivir con libélulas, mariposas, arañas, escarabajos, mariquitas, colibríes, cotorras, horneros, chingolos, abejas, avispas, zorzales. Y nosotros.

147

Las rancheras de los sanjuanes se escuchaban por ese callejón de tierra como venidas de la cueva del diablo. Esa noche, decían los más viejos, se podía hacer contacto con él y había quienes esperaban a las doce encerrados en los baños minúsculos iluminados por una vela y con agujas colgando de hilos a la espera de su aparición. A esa hora también se hacían unas pruebas que podían predecir cómo sería el año o garantizar prosperidad, amor, salud. Los niños jugaban a ver si el destino les daba esperanzas con alguna chica o chico de sus sueños, escribían nombres en papeles y los doblaban. El primero que se abría era el prometido.

Eran muchísimos los hijos y las hijas de los nueve hijos e hijas de Bautista y Helga. Dormían todos en el piso de uno de los cuartos, en el que ponían frazadas y colchones para que se acomodaran uno pegado al otro. La fiesta no tenía horario: el piso del comedor se estremecía con una cueca bailada por dos de los tíos disfrazados de mujeres pintarrajeadas y ataviados con las ropas de la abuela. Tiquitiquití, tiquitiquitá, el pañuelo al aire, el zapateo rítmico y elegante, uno persiguiendo al otro por la pista y la perseguida diciendo que no con su pañuelo, llevándoselo a la cara para ocultar la sonrisa pícara.

A lo largo de tres días y dos noches la gente iba cayendo y levantándose sin que el fogón ni la cocina a leña se apagaran. Se mataban gallinas, casi siempre un cordero. El animal amarrado a un árbol y ese quejido tan humano que emite cuando le entierran el cuchillo en el cogote, el estertor del cuerpo entero, y Helga con una fuente en la que se habían puesto los verdes de la huerta y cebolla picada para aliñar el ñachi: quien mataba y quien juntaba la sangre debían tener buena mano, para que cayera armoniosa en el perol y cuajara convirtiéndose en una gelatina que luego todos debían probar parados en ronda. Al tiempo que con una cuchara levantaban su parte de la sangre coagulada, le rociaban limón para mitigar el sabor a cobre que suele tener la sangre caliente, y se les permitía a los más chicos tomar un trago de vino blanco. El niño bebía sangre y bebía vino.

Como toda buena fiesta, la de San Juan era varias fiestas en una: al mismo tiempo que se bailaba en el living comedor, con las sillas ubicadas alrededor, junto a las paredes, a un paso, en la cocina, las mujeres mantenían un trajín incesante preparando en grandes ollas cazuelas de ave, papas cocidas, ensaladas frescas y a toda hora sobre la estufa a leña un picante cuchareado, como le decían al levantamuertos con ají cacho de cabra y ajo, capaz de poner en órbita a los danzantes maltratados. Los niños a veces debían colaborar con algunas tareas simples, desgranar arvejas, ir a la huerta por lo que faltara, correr por más vino. Cuando podía, el niño se sumergía en su espacio preferido, el fogón, donde los ancianos tomaban chicha, cuidaban la carne que se asaba al palo y contaban historias.

En ese fogón escuchó hablar de crímenes, de fugas, de mujeres fantasmales, de duendes, de pactos con el diablo, de desaparecidos y aparecidos, y sobre los tesoros escondidos de los mapuches. El campesinado del sur cree que cuando el huinca llegó a robar y masacrar, los mapuches antes de huir lograron esconder lo que acumulaban, la bellísima joyería de sus mujeres y kilos de plata sin tallar. Entre los presentes había varios hombres que habían sido tentados por los demonios para seguir las huellas de esos tesoros. A veces cuando iban a buscar agua al estero un perro blanco se les cruzaba y quería desviarlos mostrándoles el camino.

Otras veces era una liebre, blanca también. Una vez a uno lo cruzó un toro, el custodio del hallazgo. Algunos sabían de conocidos que habían logrado avanzar en el sendero insinuado por esos animales tentadores, pero se habían enfrentado a pruebas terribles y al final siempre el demonio les pedía el alma de alguien querido. Por eso, por el peligro de la ambición por el tesoro ajeno, era mejor aguantarse. No como esa familia que de un día para otro desapareció de su casa dejando solo el enorme pozo hecho durante la noche de San Juan en el fondo del campo, de donde seguramente se habían llevado vaya a saber cuántos kilos de plata a cambio del alma de alguno de sus tantos hijos. Esa noche terrible en que todos escucharon el metálico sonido de las cadenas, porque así suena un entierro, a cadenas de plata.

148

La mutisia y el rododendro no soportaron los calores de febrero. Para marzo, de las cinco frambuesas sobrevivió una. Una inundación producida por la piscina de un vecino arruinó las raíces y pudrió las plantas. Cambiamos la tierra de la única sobreviviente y logramos salvarla. Me preparo para un encuentro con amigos que ya conocen el campo y otros que aún no han venido. Me gustaría plantar los bulbos que traje del sur con todos ellos. Con el verano las prohibiciones han bajado. Nos entusiasma la idea de hacer una fiesta al aire libre. Una amiga DJ pasaría una música perfecta para una ceremonia a la que queremos llamar Plantae: electrónica orgánica, sonidos de la tierra para bailar en trance. Mi amiga jardinera ofrece dar un taller de huerta orgánica. A mí me parece hora de tener una huerta. Le pido que me ayude a prepararla. Sería bueno cosechar este invierno, sumarle a este jardín el alimento. De a poco entiendo que el cerco masculino de mi paraíso no tiene sentido. Solo se comprende para proteger a las flores de los perros. Clément nos enseña que no hay límites en el jardín del futuro.

149

Bautista siempre estaba por cumplir más de cien años. Siempre ese podía ser el último San Juan. Unas semanas antes del 24 de junio comenzaba un rumor: esta vez cruzarían, con unas idas y vueltas misteriosas, Pedro buscaba el dinero para llenar el auto de comida y regalos. Nadia resistía como podía. ¿Por qué querría ir a una fiesta en esa casa donde la única vez que la invitaron su suegra pasó sirviendo copas y al llegar a su silla la saltó en un gesto de desprecio? Aquello se le encarnó como una esquirla. El niño ignora cuántas veces cruzaron. Cuántas veces estuvieron en un San Juan. Le pasa como con las fiestas del resto de su vida: todas podrían ser resumidas en una.

El último San Juan fue un invierno de nevazones. Salieron con un amigo de Pedro que trabajaba en la papelera, era un tipo que nunca se sacaba el mameluco de mecánico. Viajó con el mameluco puesto. Iban en un Dodge 1500 color calipso, pero, como solía ocurrir, esta vez las cadenas para el hielo en el camino eran prestadas. O más grandes o demasiado pequeñas, el tamaño no daba con la rueda.

Avanzaban algunos kilómetros y se salían, así que había que parar y volver a ponerlas. Los niños iban atrás con Nadia y se preguntaban por qué su madre aceptaba ese plan que parecía imposible.

Al comenzar el camino de curvas del Collón Curá rumbo a Bariloche la tormenta de nieve era como las fauces de una ballena. Si uno se adentraba en ella podía ser engullido para siempre. Volvieron a la estación de servicio del pueblo anterior. Allí, el amigo mecánico y Pedro se dieron ánimo. Solo debe ser esa subida, bajando el cordón montañoso la tormenta seguramente se disuelve. Habían planeado tanto el viaje, iban a desilusionar a Bautista si no llegaban. En medio de la noche oscura retomaron el camino. La tormenta en la montaña se había disipado. Pudieron andar sin cadenas hasta la cordillera. Entonces se complicó todo. La nieve acumulada a los costados de la huella de hielo formaba una pared blanca de metro y medio, las copas de las lengas y los raulíes se veían apenas. Al menos no nevaba. La tormenta también había pasado dejando su marca y un silencio que solo se quebraba con el andar del Dodge y las rancheras que Pedro ponía a todo volumen.

Eran una familia migrante regresando al pago, nada podía detenerlos. Cruzaron el límite en un griterío emocionante. Todos cantaban la misma canción de Juan Gabriel: que nunca volverás, que nunca me quisiste, se me olvidó otra vez, que solo yo te quise. El éxtasis del regreso los traicionó en una curva cerrada. Un camión de vialidad chileno no los vio o los vio turquesas en el blanco e intentó abrirse del camino hacia su lado derrapando sobre su pared de nieve. Pedro sí lo vio y les ordenó a sus ruedas que doblaran hacia el otro lado, hacia su pared de nieve, sin que le respondieran, arrastrándose lentamente con toda su familia y su amigo en el auto hacia la carrocería del otro.

Se incrustaron bajo el camión haciendo añicos el parabrisas y solo se escuchó que Pedro les decía: tranquilos, no pasó nada. Dio marcha atrás, sacó el auto del camión y bajó a calmar al conductor chileno que insultaba sin que se le comprendiera. Estaban más allá que acá, habían cruzado el límite, no iban a retroceder. Pedro sacó una frazada del baúl, la puso en el parabrisas, le abrió con un cuchillo un agujero pequeño a la altura de sus ojos y se acomodó sus gafas de sol. Llegaron a la aduana chilena. El niño pensaba que parecían los Picapiedra.

Ya casi estaban en el pueblo, ya casi escuchaban el tembladeral de pasos cumbieros en la casa de los abuelos, pero a los neumáticos hubo que inflarlos para que ahora soportaran el asfalto. A Pedro se le ocurrió hacerlo con el aire del matafuegos. Así volvieron a partir. A unos diez kilómetros reventó una goma. La cambiaron. A poco de andar reventó otra. Ya no hubo repuesto. La noche invernal caía otra vez sobre ellos. El mecánico y Pedro agarraron un neumático cada uno en los hombros y se alejaron por el camino volviendo sobre sus pasos en busca de alguien que arreglara lo dañado. El niño sintió una soledad infinita, silenciosa como la nieve.

Su madre, su hermano menor y él quedaron en el asiento de atrás del auto. El frío entraba por los poros de esa frazada que hacía de vidrio. Ahora estaba diciéndoles con el sonido del viento que podía congelarlos en el medio de la montaña de una vez y para siempre. Nadia se largó a llorar. Su hermano también, decía que le dolían los pies. El niño consoló a su madre. Ya iba a volver papá, siempre algo se le ocurría a papá. No había que llorar porque era peor. Se les iban a congelar las lágrimas. Su mamá rio de su idea. El niño consideró que a su hermano había que fregarle los pies para que se le calentaran. Le sacó las zapatillas y le golpeó con palmadas suaves los empeines. Nadia recuperó el aplomo y maldijo a su abuelo Bautista, a su abuela Helga, a su padre y al mecánico. Se maldijo a sí misma por haber aceptado otra vez un San Juan con ese auto, con ese invierno: nunca más vamos a cruzar la cordillera por ese viejo de mierda, por más que tenga cien años, nos vamos a morir antes nosotros.

150

Construir la huerta emociona a Antonio, creo que le interesa más plantar hortalizas que flores. La pensamos juntos. Será otro rectángulo, pero mucho más grande, y le haremos una estructura de madera con una base alta para protegerlo de inundaciones porque en esa zona la tierra es más baja. Tendrá parantes que nos permitirán cubrirla con un nylon a modo de invernadero y así podremos estar a salvo de las heladas y cosechar en invierno. Hacemos una lista de todo lo que puede ser plantado en otoño: acelgas, rúculas, puerro, cebolla de verdeo, albahaca, rabanitos, cebolla colorada, remolacha, perejil, cilantro, orégano, curry. En los bordes llenaremos de frutillas. Y entre las verduras pondremos algunas flores comestibles: copetes y pensamientos.

No volvieron a viajar en invierno. Cruzaban hacia Chile en verano raudos, con la ansiedad del que abrazará a los suyos después de un tiempo, con el auto lleno de comida, de pertrechos, de todo lo que de este lado era más barato para ayudar a los de allá. Nunca paraban en la villa, en su centro turístico; recién ante una vista del lago, unos kilómetros más allá, solían detenerse: un espejo entre montañas hecho de sus aguas tranquilas y plateadas. En una foto están los cuatro, ella con una campera beige de él y un pantalón ancho, él con una camisa blanca de cuello enorme, los hijos a la altura de sus rodillas. Se les nota una alegría solo mensurable por la proximidad del límite, como le decían al exacto lugar de la frontera donde pasaban al otro lado, al lado de los suyos.

Un domingo cuando volvían de un pueblo vecino en el valle les avisaron que Alba agonizaba. Cayó al suelo justo en la puerta, antes de entrar a la casa de su hermana, con la que tantos años habían estado peleadas. Aquella noche de junio, llegaron en una vieja camioneta a Villa La Angostura justo antes de las aduanas. Tenían hambre, sueño, les dolían los músculos, habían cruzado una tormenta y el avance había sido lento. Eran nueve en esa cajuela, con una cúpula de plástico que los protegía y los cuerpos entrelazados en posiciones extrañas, cruzando los pies por sobre el moisés del tercer hermano, ya nacido. El niño ya no era un niño: tenía catorce años. Su abuela cincuenta y siete. Esa noche en ese pueblo se acostaron rogando que Alba soportara hasta despedirla. Hizo tanto frío esa madrugada en ese hotel que se acostaron vestidos.

Llegamos a tiempo con los preparativos de la huerta. El jardín avanza sin límites a todo el terreno y comienzo a estudiar las plantas vecinas para crear un corredor de biodiversidad que se retroalimente con las mías ofreciendo a los polinizadores combinaciones de néctares, la posibilidad de ir, traer, llevar, entrar, volver, poner en movimiento el jardín más allá de nuestros territorios. Clément plantea su propuesta de jardín planetario como un territorio mental de esperanza basado en la idea de que la tierra es el espacio verde y su contorno la biósfera. Al accionar o al no accionar, cada uno de nosotros es un jardinero, no hay quien no lo sea: toda la humanidad es la jardinera del planeta.

Comprender a través de Clément que el paisaje es un territorio de afecto, una maravilla que contiene tanto la materia como el espíritu, me convence de lo necesario de la ceremonia: todos podemos plantar en este espacio porque cada humano es garante de lo vivo. Los bulbos de tulipán, los de narciso, las semillas de amapola, de retama, de amancay, serán plantados por diferentes manos. Cada hortaliza será plantada por cada uno o cada una. Haremos un taller para aprender a plantar semillas en almácigos. Para saber cómo tratarlas, cómo darles posibilidad de germinación y volverlas luego crecidas a la tierra. Aprenderemos el calendario biodinámico que nos enseñará Antonio, los tiempos lunares ascendentes y descendentes. A medida que tengo herramientas botánicas y teóricas, una sensación de imbatible libertad me embarga y rozo peligrosamente la euforia, la felicidad.

153

Con el pelo gris y un andar elegante, de pantalones de vestir con perfecta raya, camisa y zapatos, peinado con Glostora, la figura de Elías viejo era la de un patriarca bondadoso y risueño. Por las tardes se instalaba en su sillón de lectura junto a la chimenea del living. En esa posición, en ese momento clásico, se veía un atisbo de lo que había sido. Al leer estiraba el labio inferior como enojado. Cincuenta años atrás a nadie se le podía ocurrir molestarlo, interrumpir su lectura. Cuando Nadia y los demás hijos eran chicos y él leía el mundo debía detenerse. Las casas de madera rechinan; nadie podía caminar. Ni jugar. Ni hablar. Ni reírse. Durante los últimos años, cuando se cansaba de leer o de mirar las noticias en la televisión, se paseaba por las casas de los hijos que vivían en el mismo terreno de la aldea. En sus visitas pasaba un rato por las escenas familiares con el humor negro latigueando a los nietos o los hijos sin pena. Podía ser sarcástico como solo los viejos pueden, sin el pudor de la ofensa machista, sin la culpa del joven consciente. Un momento antes del casamiento de un tío la hija de Ivonne había terminado de arreglarse con un vestido negro, ajustado, con encajes. ¿Cómo le parece que estoy, tatita?, le preguntó a Elías. Pareces una de El Paso, le contestó serio. El Paso es un cabaret que funciona en una casucha roñosa sobre una calle de tierra, cerca de la aldea.

Durante su agonía yo investigaba un libro imposible y viajaba cada dos meses desde Buenos Aires al pueblo. Ese año lo vi apagarse lentamente. La excusa de mis entrevistas, de mis indagaciones, me permitía visitarlo. Tuvimos cinco encuentros antes de su muerte. La última vez fuimos juntos al cementerio. Cuando regresamos a la aldea, Ivonne le preguntó cómo estaba Alba. Él contestó: me dijo no vengas a acompañarme todavía, Elías.

154

La pandemia rebrota con una velocidad impresionante. Nuevas cepas llegan al país y son más contagiosas, más voraces. Nos vuelven a encerrar en nuestras casas. La ceremonia Plantae es imposible, al menos como la imaginamos. La música, las bebidas, los platos exquisitos, el taller de huerta, las invitaciones. La pandemia nos ha enseñado a cambiar de planes sin pesar. Con mis amigas DJ y paisajista en lugar de dar una fiesta nos celebramos plantándolo todo. Nos ayuda mi vecina, ella también es una jardinera planetaria. Con las semillas hacemos los almácigos. Y llevamos decenas de plantines al cantero de la huerta. Para el atardecer dejamos las flores: alrededor de la piscina preparamos la tierra para un gran cordón de amapolas. En el otro costado sembramos las retamas y los amancay sureños. Los bulbos de tulipán y de narcisos van a competir con las dalias y los gladiolos.

155

Hacia el final, Elías agónico en su cama, Nadia lo visitó. Tuvieron una última conversación en esa habitación oscura que había quedado sin ventana por los agregados que fueron haciéndole a la casa convirtiéndola en un laberinto. Nadia había sobrevivido, era esa mujer hermosa y elegante que había enseñado a sus hijos a amar a sus abuelos, a ese abuelo que era su padre canalla, a ese abuelo que era lo que quedaba en pie para remediar de algún modo todo aquello. Ella en el corazón del laberinto, enfrentada al animal mítico. La hija mayor, la testigo de todo, no tendría lo deseado: que su padre le dijera te quiero.

156

En algún momento mi abuelo supo, o creyó saber, el tiempo entre él y su muerte: la fecha aproximada del final. Hasta que pudo prefirió creer que le ganaría al cáncer, o que el cáncer se haría su amigo, que lo acompañaría por años, y que sería la vejez la que se lo llevaría, el sencillo y maravilloso paso del tiempo. Luego, cuando el tumor no cedió y ya no pudo volver a levantarse de la cama, intentó medirla, conocerla, preverla como quien anuncia una decisión. Él se había salvado del alcohol y de los militares: no sería esta muerte civil la que lo arrinconaría de improviso, la que lo atacaría por la espalda en el frío rincón de la montaña donde se aprovecharon del silencio de los bosques y de la soledad de los cautivos.

Es casi la hora del funeral cuando entramos en la aldea después de viajar con mi hijo y un amigo por todo el desierto, por toda la meseta, por la cordillera, durante dos días. En el velorio, la primera fila de sillas escolares es ocupada por mi madre, junto a Ivonne y alguno de los tíos. Lo velan en el salón comunitario. En este lugar se han hecho las fiestas familiares. Aquí mi hermano y yo bailábamos cueca; mi padre solía pagarnos para alegrar a los abuelos. La pared del escenario está cubierta de coronas y una de ellas dice adiós papá; las flores silvestres ocupan todos los rincones. Han invertido en un cajón de buena madera, tallado. Los rostros de mis primos aparecen de a poco, también algunos vecinos a los que no veo desde niño. Abrazo a mi madre. Nadia me dice al oído: quedé huérfana.

Un hombre agita las largas sogas que mueven las campanas. El cortejo se organiza detrás del cajón: comprendo que debemos acompañar a mi madre, los tres hermanos. Y mi padre. Avanzamos junto a ella por el atrio central, y comprobamos que la iglesia se llena a nuestro paso. La nave central ha sido decorada con flores blancas por la misa de gallo. El cura bajo la sotana lleva una camisa de cuadros de un celeste encendido. Se parece a nuestro primo sacerdote de misión en Chiapas. Elías ya está con Nuestro Señor, dice. Es una alegría que se encuentre en el cielo. Es cierto, reconoce, que en el cotidiano el otro deja un vacío. Si todos los días le llevábamos el desayuno, por ejemplo, será duro darnos cuenta cada mañana de que ya no lo haremos porque el otro no está. Y no está para siempre: vida eterna, muerte eterna. Puedo ver el dolor que las palabras del cura le producen a Ivonne. Era ella quien le daba de desayunar, de almorzar, de cenar. Durante los últimos meses supo de cada suspiro de Elías. Lo hizo con el gozo de una hija hilarante, capaz de sobreponerse a la imagen de un hombre en decadencia para hacerlo sentir lleno de vitalidad.

Rezamos el padrenuestro. Con la oración, la ceremonia termina. El cura saluda a los huérfanos. Uno por uno, a los nueve. Con mis hermanos nos hemos ubicado en la tercera fila: esperamos a nuestra madre. Me toma del brazo. El cristianismo ha diseñado todo para subrayar el dolor. Es un instante atroz. El lento paso del ataúd en manos de los tíos, las campanas otra vez remecidas. Mi madre se agita en un sollozo. Las miradas de los otros: el pasado en esa iglesia, reunido como un coro silencioso. No puedo ver esos rostros pero puedo sentir el peso de esas miradas; el llanto fluye. En la puerta el cajón vuelve a la carroza: ahora deberemos caminar por las calles del pueblo, entre las casas de madera vieja, entre los árboles y los jardines florecidos, hacia el cementerio al que tantas veces hemos ido con ramos gloriosos.

La calle Prat está vacía. El sábado Daglipulli se repliega. Y en estas fechas las familias que pueden hacerlo se van a los ríos y lagos cercanos a pasar el día. Estas doscientas cincuenta personas han esperado a las cinco de la tarde y acompañan hasta el final a Elías. Mi madre saluda a sus compañeras, enfermeras del hospital, sus amigas de la juventud dorada. Mis tíos acompañados de sus esposas, Ivonne, de sus dos hijos. Nosotros, cerca de la mayor. Mi madre es la mayor. Soy el mayor de los nietos. Debo hablar en el funeral. Eso me pone nervioso. Un tío ha escrito una breve biografía de mi abuelo; nacimiento, padres, hijos, sus cargos en el sindicalismo, en la organización comunal. Fue un gran lector... dice al final, y sugiere con los puntos suspensivos que debo inspirarme a partir de allí. Son dos kilómetros de caminata bajo el sol hacia el precipicio. Llegamos al cementerio exhaustos, sudados. Los tíos bajan el cajón, suben las escaleras bajo los cipreses. Han abierto la tumba de Alba. Espera el ataúd nuevo. Los deudos se dispersan entre las criptas floridas. Bajan las coronas de las carrozas. Con las manos llenas de flores nos reunimos alrededor de nuestros ancestros. Abajo, el mundo se ha detenido. No se mueve un alma en Daglipulli.

157

El invierno es cruel. Me contagio con la nueva cepa del virus. Tengo miedo de morir. Me falta el aire. Vivo sin saber si es el día o la noche. Ruego, pido por favor salvarme. Tengo miedo de dejar solo a mi hijo. También comprendo que si ocurre tiene dos abuelos y dos tíos que lo aman. Tengo terror de ser entubado, dormido, de no resistir con mis defensas el ataque. Muy lentamente me recupero, y en esa recuperación el campo, la huerta, las flores sembradas, los pájaros y los árboles, todo lo que atesoro en mi jardín y en los jardines aledaños que siento también míos es indispensable. Así termino de sanar. Con la primavera permiten los encuentros al aire libre.

Esta tarde es la fiesta. Ya no es una ceremonia de plantar. Es una celebración de agradecimiento.

Dos técnicos preparan el sonido circular para que la electrónica orgánica nos estalle en el plexo y en los corazones. Antonio y un amigo asan desde temprano un cordero que será servido en unas horas. En una mesa cercana a mis dalias se ofrecen las ensaladas, las frutas y los quesos. Frente al container montamos las consolas de la DJ. Al fondo hemos quitado los plásticos del vivero para que se luzcan como un vergel las hortalizas, a las que ya les sumamos nuevas plantas de verano. Montamos dos mesas largas. Cosecho algunos tulipanes y los dispongo como un delirio jaspeado sobre los manteles blancos. Con las dalias cactus armo un ramo para decorar la barra donde una amiga prepara jarras de tragos con frutas para recibir a los invitados. La piscina es un espejo de colores. Las amapolas son un manto rojo mecido por la brisa. Las flores de este paraíso nos dicen a todos que esta tarde somos parte del jardín. Con el pudor de los sobrevivientes podemos decir que somos felices.

Índice

El 20 de enero de 2022, en Madrid, un jurado presidido por el escritor Fernando Aramburu, y compuesto por los también escritores Olga Merino y Ray Loriga, la directora de la Feria del Libro de Guadalajara, Marisol Schulz Manaut, la escritora y librera de Lata Peinada, Paula Vázquez, y la directora editorial de Alfaguara, Pilar Reyes (con voz pero sin voto), otorgó el **XXV Premio Alfaguara de novela** a *El tercer paraíso*.

Acta del jurado

El jurado, después de una deliberación en la que tuvo que pronunciarse sobre siete novelas seleccionadas entre las ochocientas noventa y nueve presentadas, decidió otorgar por unanimidad el **XXV Premio Alfaguara de novela**, dotado con ciento setenta y cinco mil dólares, a la obra presentada bajo el seudónimo de **Daniel Vitulich**, cuyo título y autor, una vez abierta la plica, resultaron ser *El tercer paraíso* de **Cristian Alarcón**.

En primera instancia, el jurado quiere destacar la enorme cantidad de libros presentados y la gran calidad de todos los originales finalistas.

En cuanto a *El tercer paraíso*, el jurado destaca el vigor narrativo de una hermosa novela, con una estructura dual. Ambientada en diversos parajes de Chile y Argentina, el protagonista reconstruye la historia de sus antepasados, al tiempo que ahonda en su pasión por el cultivo de un jardín, en busca de un paraíso personal. La novela abre una puerta a la esperanza de hallar en lo pequeño un refugio frente a las tragedias colectivas. Como dice el autor, «la belleza comienza en la maravilla de las flores, tan hermosas como finitas, en las que siempre veremos el misterio que no puede ser resuelto».

Premio Alfaguara de novela

El Premio Alfaguara de novela tiene la vocación de contribuir a que desaparezcan las fronteras nacionales y geográficas del idioma, para que toda la familia de los escritores y lectores de habla española sea una sola, a uno y otro lado del Atlántico. Como señaló Carlos Fuentes durante la proclamación del **I Premio Alfaguara de novela**, todos los escritores de la lengua española tienen un mismo origen: el territorio de La Mancha en el que nace nuestra novela.

El Premio Alfaguara de novela está dotado con ciento setenta y cinco mil dólares y una escultura del artista español Martín Chirino. El libro se publica simultáneamente en todo el ámbito de la lengua española.

Premios Alfaguara

Caracol Beach, Eliseo Alberto (1998)
Margarita, está linda la mar, Sergio Ramírez (1998)
Son de Mar, Manuel Vicent (1999)
Últimas noticias del paraíso, Clara Sánchez (2000)
La piel del cielo, Elena Poniatowska (2001)
El vuelo de la reina, Tomás Eloy Martínez (2002)
Diablo Guardián, Xavier Velasco (2003)
Delirio, Laura Restrepo (2004)
El turno del escriba, Graciela Montes y Ema Wolf (2005)
Abril rojo, Santiago Roncagliolo (2006)
Mira si yo te querré, Luis Leante (2007)
Chiquita, Antonio Orlando Rodríguez (2008)
El viajero del siglo, Andrés Neuman (2009)
El arte de la resurrección, Hernán Rivera Letelier (2010)
El ruido de las cosas al caer, Juan Gabriel Vásquez (2011)
Una misma noche, Leopoldo Brizuela (2012)
La invención del amor, José Ovejero (2013)
El mundo de afuera, Jorge Franco (2014)

Contigo en la distancia, Carla Guelfenbein (2015)
La noche de la Usina, Eduardo Sacheri (2016)
Rendición, Ray Loriga (2017)
Una novela criminal, Jorge Volpi (2018)
Mañana tendremos otros nombres, Patricio Pron (2019)
Salvar el fuego, Guillermo Arriaga (2020)
Los abismos, Pilar Quintana (2021)
El tercer paraíso, Cristian Alarcón (2022)